U0683835

智元微库
OPEN MIND

成长也是一种美好

与其等着别人来爱你，不如自己努力爱自己。

善良的、智慧的、有勇气的女人，要敢在黑暗的旷野独自唱着歌走路，要敢在没有桥没有船也没有乌鸦的野渡口，像美人鱼一般泅过河。

我喜欢爱读书的女人。书不是胭脂，却会使女人心颜永驻。书不是棍棒，却会使女人铿锵有力。书不是羽毛，却会使女人飞翔，书不是万能的，却会使女人千变万化。不读书的女人，无论她怎样冰雪聪明，都只有一世才情，可书中收藏着百代精华。

受伤于家庭的人，我估计一定多过死于原子弹爆炸的人，
只是他们通常缄默。

岁月送给我苦难，也随赠我清醒与冷静。

一个女人又美又和谐，又在做一件艰难而有意义的事情，
想让人不喜欢都不可能。

手中有玫瑰，
眼里有星光

毕淑敏 著

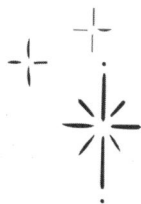

人民邮电出版社

北京

图书在版编目（CIP）数据

手中有玫瑰，眼里有星光 / 毕淑敏著 . -- 北京 ：
人民邮电出版社，2025. -- ISBN 978-7-115-65737-4

Ⅰ . I267

中国国家版本馆 CIP 数据核字第 2024GJ1473 号

◆　　　 著　　毕淑敏

　　　 责任编辑　张渝涓

　　　 责任印制　周昇亮

◆　**人民邮电出版社出版发行**　　北京市丰台区成寿寺路 11 号

　　 邮编 100164　电子邮件 315@ptpress.com.cn

　　 网址 https://www.ptpress.com.cn

　　文畅阁印刷有限公司印刷

◆ 开本：787×1092　1/32　　　　彩插：4

　　 印张：8　　　　　　　　　　　2025 年 1 月第 1 版

　　 字数：150 千字　　　　　　　 2025 年 4 月河北第 2 次印刷

定　价：59.80 元

读者服务热线：（010）67630125　印装质量热线：（010）81055316

反盗版热线：（010）81055315

假如有来世，你愿意做女性吗

多年前，我在北京师范大学（后文简称北师大）学习心理学博士课程。有一天，同学们玩一个游戏，名称是：假如有来世，你愿意做女性吗？

大致步骤如下：请你准备一张白纸，当然还要有一支笔。

然后，深深地呼吸，平稳、放松，使自己的心态变得如同大海边的金沙滩，静寂而幽远，接下来，轻轻地叩问心灵：你喜欢自己现在的性别吗？如果你喜欢，就请坚持。如果你不喜欢，请想象一下如果有来世……你有权改变自己的性别，你愿意做女性（或男性）吗？好，用笔写下你的答案。

这是一个令人惊诧到匪夷所思的想法。心理学有时候很有意思，它会在一些貌似离奇古怪的念头中，侦察出每个人隐藏极深的自我，在荒谬中显露峥嵘的真相。同学们踊跃投入，开始凝神苦思。有的人飞快地得出了结论，一挥而就；有的人在纸上涂涂改改，反反复复地拿不定主意。我基本上属于倚马可待的那派，三下五除二地写下：

假如有来世，我愿意做男性。

写完之后，经过统计，大家发现了一个有趣的现象，男性愿意做女性的少，而女性愿意做男性的多。老师告诉我们，这基本上是一个普遍的规律。这个游戏，无论在东方还是在西方，也无论人种、国别和族别，被试都比较喜欢做男性。

游戏到这里并没有完。老师说，你们还要在纸上继续写：如果你来世要做女人，请你定下具体的形象，比如身高，比如体重，比如肤色，比如头发长度，比如身世学养和财富等（想做男性的也一并照此操作。为了叙述的简便，我将男性那一部分略去，请见谅）。

这下子可就更热闹了。准备继续做女人的人，纷纷为自己的来世画了一幅细致华美的蓝图。写好之后，大家抢着对答案，结果竟是出奇地相似。满纸上的字迹都是：身姿窈窕，1.70米，55千克，肤白胜雪，长发如瀑，明眸皓齿。有的干脆半开玩笑地写上了丰乳肥臀。至于身世嘛，清一色的书香门第。财富嘛，最低档的也是吃喝不愁小康以上，更理想的就成了锦衣玉食、车载斗量。说到学养，学士学位是最起码的，硕士、博士占了半壁江山，填了博士后的也大有人在。

后来，大家又进行了详尽而热烈的讨论。我从这个游戏中察觉到了自己性别意识的偏差，有了很多令自己震惊的发现，在这里就不一一赘述了。单单说一条，我终于明白了为什么那么多人不愿意做女人。因为做女人更辛苦、更艰难、更多苦恼也更容易被歧视。纵使一些人最终选择了做女人，也只愿意做美丽的女人，做漂亮的女人，做有身份、有地位的女人。简言之，就是只做集财富、美貌、宠爱于一身的高贵女人。

可是放眼大千世界，滚滚红尘中，这样高贵的女人又有多少呢？还是草芥一样平凡的女子多，她们身世贫寒，相貌一般，没有经天纬地的才能，也没有旷世难求的佳缘，有的只是沉默和坚忍、付出和等待。有多少不愿意做女人的女人，含辛茹苦地坚守着这个性别，并力求做得出色？有多少不够完美的女人跋涉在泥泞中，依然孜孜不倦地追索着回眸一笑的神采？有多少卑微的女人，相夫教子，朴素而宁静地走完了一生？女人，在某种程度上，意味着更沉重、更谦逊的贡献，意味着更烦琐、更细腻的责任。

很多很多的女人，曾把她们的故事告诉我。面对这种推心置腹、肝胆相照的信任，我以为最好的报答，就是把她们的故事和感悟，转告给更多的女人。她们所送我的这份礼物太贵重了，独享就是辜负。

如果今天让我做那个"如果有来世，你愿意做女性吗"的游戏，我将修改当年的结论：我愿意继续做女性。因为这个性别的沉重和丰硕，因为这个性别的坚忍和慈悲。

目　录

你的温柔当有力量

好女子安然如猫，又欢快如鹿

一个女人又美又和谐，又在做一件艰难而有意义的事情，想让人不喜欢都不可能。

有人说现代的女子，比之于百年前我们的婆婆们太祖奶奶们，已是幸福得没边没沿了，比如那时的女子要裹小脚。我学解剖的时候，面对着人的脚骨模型，心想，看似柔软的布，到底是让脚上哪一根骨头变形了呢？最后的答案是：所有的骨头。

读鲁迅先生的《藤野先生》一文，我发现当年的藤野先生也曾对此大惑不解，并生出疑问，还向学生时代的周树人君打听。年轻的鲁迅没有回答，一是因为自己也不甚了了，二是有些为自己的民族感到惭愧。

我后来在解剖学上下了点功夫，算是把这件事搞明白了。原来不仅仅是变形，很多女子的趾骨、跗骨是硬生生地骨折了。多么残酷啊！

和那种惨烈相比，今朝的女子自然是幸福了很多，起码我们的趾骨和跗骨都完整地趴在鞋子里，可以健步如飞。但是，我们又有了新的责任和负担，还需不断向前。

　　好修为不是为了讨好别人，而是为了让自己处于平和温暖的状态，然后才有心力关心别人，并看到问题的全貌。

　　好女子应该安然如猫，又欢快如鹿。有句话说，每一个女子都是误落人间的脱去了翅膀的天使。你要找到你的翅膀。它们在你坠落的时候，遗失在离你不远的地方。

　　一个女人又美又和谐，又在做一件艰难而有意义的事情，想让人不喜欢都不可能。这就是某些女人动人心魄的原因。

　　你如果想发出光芒，就朝这个方向努力。

寻觅优秀的女人

优秀女人的美丽像轻风，给世界以潜移默化的温馨。

智慧是优秀女人贴身的黄金软甲，救了自身，才可救旁人。没有智慧的女人，是一种遍体透明的藻类，既无反击外界侵袭的能力，又无适应自身变异的对策，她们是永不设防的城市。智慧是女人纤纤素手中的利斧，可斩征途的荆棘，可斫身边的赘物。面对波光诡谲的海洋，智慧是女儿家永不凋谢的白帆。

优秀的智慧的女性，代表人类的大脑半球，对世界发出高亢而略带尖锐的声音，在每一面山壁前回响。

智慧不单单是天赋的独生女，还是阅历、经验、胆魄三位共同的学生。智慧是一块璞，需要雕琢，而雕琢需要机遇。

不是每一块宝石都会璀璨，不是每一粒树种都会挺拔。

我是一个保守的农人，面对一块贫瘠土地上的麦苗，实在不敢把收成估计得太好。智慧的女人通常比我们想象的要少。

优秀的女人还需要勇气,在这颗小小的星球上,就算其他矛盾都不存在了,男人和女人的矛盾依然层出不穷。交战的双方永远互相争斗,像绳子拧出一道道前进的螺纹。假如你是一个优秀的女人,无论你朝哪个领域航行,或迟或早地都将遇到这个世界上最优秀的男人。不要奢望有一处干燥的麦秸可供你依傍,不要总在街上寻找古旧的屋檐避雨。当你不如一个男人的时候,他会宽宏大量地帮助你;当你超过一个男人的时候,他会格外认真地对抗你。这不知是优秀女人的幸还是不幸?善良的、智慧的、有勇气的女人,要敢在黑暗的旷野独自唱着歌走路,要敢在没有桥没有船也没有乌鸦的野渡口,像美人鱼一般泅过河。

这个比例有多少?

望着越来越稀疏的队伍,我真不忍心将筛孔做得太大。

现在,在漫长阶梯上行走的女人已经不多了。

最后,让我们来说说美丽吧。

在这样艰苦的跋涉之后再来要求女人美丽,真是一种残酷,犹如我们在暴风雨过后寻找晶莹的花朵。

但女人需要美丽。美丽,是女人最初也是最终的魅力。不美丽的女人辜负了造物主的青睐,她们不是世上的风景,反倒成了污染。

何为美丽,一千个人有一千种说法。我只能扔出我的那一块砖。

美丽的女人，首先是和谐的。面容的和谐，体态的和谐，灵与肉的和谐。美丽，并非一些精致巧妙的零件的组合，而是一种整体的优美，甚至缺陷也是一种和谐，犹如月中的桂影。那不是皓月引发无数遐想最确实的物质基础吗？和谐是一种心灵向外散发的光辉，它最终走向圣洁。

美丽的女人，其次应该是柔和的。太辛辣、太喧嚣的感觉不是美，而是一种刺激。优秀女人的美丽像轻风，给世界以潜移默化的温馨。当然它也可容纳篝火一般的热情。可是你看，跳动的火苗、舒卷的舌头是多么柔和，像嫩红的枫叶，像浸湿的红绸，激情的局部仍旧是细致而绵软的。

美丽的女人，应该是持久的。凡稍纵即逝的美丽，都不是属于人，而是属于物的。美丽的女人少年时像露水一样纯洁，青年时像白桦一样蓬勃，中年时像麦穗一样端庄，老年时像河流的入海口，舒缓而磅礴。

美丽的女人经得起时间的推敲。时间不是美丽的敌人，只是美丽的代理人。它让美丽在不同的时刻呈现出不同的状态，从单纯走向深邃。

女人的美丽不是只有一根蜡烛的灯笼，它是可以不断燃烧的天然气。时间的掸子轻轻扫去女人脸上的红颜，但它是有教养的，还女人一件永恒的化妆品——气质。可惜有的女人很傻，把气质随手丢掉了。

也许可以说，所有美好的女人都是美丽的。

我在女性群体里砌了一座金字塔，它是我心目中的女性黄金分割图。

这样一路算下来，优秀的女人多乎哉？不多也。

是不是我的比例过于苛刻？是不是我对世界过于悲观？是不是我看女人的暗影太多？是不是优秀和平庸原不该分得太清？

现代的世界呼唤精品。女士们买一个提包都要求质量上乘，为什么我们不寻求自身的优秀？

优秀的女人也像冰山，能够浮到海面上的只有庞大体积的几十分之一。精品绝不会太多，否则就是赝品或大路货 ① 了。

难道女人不该像拥有眼睛一样拥有善良？难道没有智慧的女人不是像没有翅膀的鸟儿一样无法翱翔？难道坚韧不拔、果敢顽强对于女人不是像衣裳一般重要？难道女人不应像老妪爱惜自己的最后一颗牙齿一样爱惜美丽？

让我们都来力争做一个优秀的女人吧。为了世界更精彩，为了自身更完美，为了和时间对抗，为了使宇宙永恒。

---

① 质量普通而销路广的商品。——编者注

因为柔软，所以更需要智慧

情感充沛是女人的天性，但不应该是女人的弱点。

不论男性还是女性，每个人都有一个发现自己、认识自己的过程，它伴随着一个人成长的全过程，也随着每个人的成长而深化。我来北师大读心理学，就是想更好地了解人、了解自己。我觉得，人如果能把自己搞明白是件很有意思、很好玩的事。作为女性，更要了解自己，发现自己。通常，人们说"人贵有自知之明"，都是说要明白自己的不足之处。而我认为，女性不光要了解自己的缺点，更要了解自己的优点、自己的特点，这才真的"珍贵"。

我做过医生，对女性的生理比较了解。男女生理上最大的不同是生殖系统的不同，但这种不同并不从根本上决定性别的优劣、强弱。我觉得男女的差异主要体现在社会性别上。我在西藏当兵的时候，我们司令员曾特别惋惜地对我说："你要是个男的就好了。"我问为什么，他说："你挺能干的，我想提你当参谋，以后还想提你当参谋长，可惜你是个女的，这就没有一点办法了。"这是我长大成人后第一次鲜明地意识到男女性别上的不平等。现实中，女性在权利、义务、文化、尊严等方面与男性是有很大差距的，女性在社会上的声音总是很微弱，这和人类社会的发展过程息息相关。古时候人们要打仗，丈二的长矛，女性光是拎起来都费劲。而现在，坐在电脑前工作，对男女体力的要求是一样的。科技的进步，为推动男女平等提供了基础，因男女生理原因导致的不平等是可以渐渐被淡化的。

我发现女性和男性的差异，主要是由文化因素造成的。比如，大家都觉得严父慈母式的家庭很正常，但如果一个家庭是严母慈父式的，大家就会觉得有点意外。其实，慈、慈悲，是男女共有的品性，不是女人的专利。最近我看一位作家写的文章，说更年期本是人一个正常的生理过程，但人们说起时会认为它包含一种贬义。这里头就有非常多的文化因素。在大学听我做报告的女学生特别多，从她们的眼神中我知道她们在思考，可到自由提问的时候，通常第一个站起来的总是男生。女孩子似乎总想要先看看别人讲什么，担心这么站起来会不会冒失啊，又担心自己的问题会不会太幼稚啦。从某种程度上说这是女性的"自动放弃"。人是生而平等的啊。平等不是等出来的，是自己做出来的。只要女性自己心里还觉得不平等，那么，这种平等就不能真正地到来。

女性要学会思考，真正成熟起来。女性的心理成熟和自身的阅历在一定程度上是相关的，而这种阅历只是一种成熟的土壤，成熟则需要智慧。比如一个女人经历了失败的婚姻，上一次她找了一个比自己强的男人失败了，这次就去找一个弱的，最后她可能结了四次婚，还是失败了。若阅历没有上升为智慧，没有思考，失败可能还会重复，而并不能使她真正成熟。我常常看到鸟儿一根一根地叼来树枝，即便历经千辛万苦也要给自己搭一个窝。我想，它们需要一个家，需要一种安全感。人也一样，只是女性在体力上没法跟男性比，所以，才对安全感要求更高。她们更需要男性的责任感，更需要关怀和呵护，这种需要是正当的。外在的柔软并不意味着女性就是弱者。在面对困境和生命挑战时，男女采取的方式可能不同，但克服困难的本质是一样的。女性能够凭借自己内在的力量赋予自身生命的意义、人格的尊严。她们在挑战自我的程度上，在承担社会责任的能力上，是和男性相同的。

女性对自身的了解和认识，包括她们对自身生命意义的认识。女性到底为谁活着？很多女人视孩子和丈夫胜过自己的生命，将他们视为自己生存的意义而忽略了自己。丈夫和孩子无疑是值得女人为之付出的，但他们并不是女人的自身或全部。我们说世界上没有相同的两片树叶，生命属于女人自己，女人应该是她自己，应该为自己活着。不少女人在失去丈夫时觉得自己没法活下去了，在孩子不在身边后突然觉得生活空空荡荡，没了着落。漫长的岁月里她们总是在等，等孩子长大，等丈夫得闲，当这些都等到时，才发现自己已经衰老，已经离自己原本想干的事很远。每个人应该对自己负责，女性如果把自己生存的意义完全寄寓对方，寄寓于别人对自己负责，这对男人也是不公平的。

女人因为柔软，所以，更需要智慧。情感充沛是女人的天性，但不应该是女人的弱点。情感是好东西，女人怎么能没有情感呢？只是女人在付出情感时需要判断对方的真假，付出情感后还要保持与男人发展的同步。当然，这种同步不一定是事业上的，而是精神上的同步，精神上的成熟。女人在工作、家庭中的角色本身也在发展变化中，一劳永逸是不行的，坐等十年，也等不来智慧。智慧不是来自外界，而是来自女人自身的修炼、内在的积累。智慧的女人给人的感觉会是宁静的、平和的。

如果我有一个女儿（我有一个很会自己拿主意的儿子），我不预期她将来干什么，我会让她自己去经历成长，我希望她去读更多的书，希望她在智慧上更胜一筹。我相信，读书会开启女性自身的智慧。我觉得像"春蕾计划"这样提供平等教育机会的公益项目更是难能可贵，因为平等的受教育机会对女性是非常重要的。

从女性的特点来说，女性敏感细腻，更容易感受幸福。每个人对幸福的定义是不同的。我在感到自己有力量的时候，有一种幸福的感觉。这种"有力量"不是指别的，而是指我能感知美好的东西，我有能力决定自己的生活。

由从医到写作，是因为写作让我觉得愉快，让我了解人，了解自己，发现自己。我没有理由去做让自己不愉快的事。生命有不可预见性，生活多么新奇，能让我不断地向前走，不断地进步，我对此感到很高兴。我想，所有的女性都一样，如果能真正地了解自己，能有智慧，做自己能做好的事，那么，幸福就在不远处。

示弱的力量

让自己在无伤大雅的时候出一点小差错，不会暴露出你的无能，只会彰显出你的可爱。

如果你从不出错，这是一个悲剧。一是自己太累，二是你周围的人会视你为怪物。让自己在无伤大雅的时候出一点小差错，不会暴露出你的无能，只会彰显出你的可爱。

太多的女人是完美主义者。比如她们不能容忍自己的饭菜咸了或是淡了；她们不能接受自己好不容易挑选的物品，在另外一家卖场，价格居然更便宜。她们力求把最小的事完成得完美无瑕。如果有了瑕疵，她们就会耿耿于怀、闷闷不乐，长久地沉浸在遗憾之中。小事都如此，大事你尽可想见她们是如何锱铢必较、精益求精的。结局是百密一疏，终有一漏。这世上本没有十全十美之事，就算有，也未必次次都宠幸于你。于是此类女子，就无法享有片刻的彻底放松。

如果你意识到自己是一个完美主义者，如果你想改变，我教你一个小方法。那就是：卖个破绽与你。早年间，我看中国的旧式小说，发现两军交战时，武艺高强的那一方常常抵挡不过武艺稍差的那一方，文中会写道："卖个破绽与他，拍马便走……"那之后，往往有一番密谋的周旋。卖个破绽，就是明显的示弱了。

有完美主义倾向的女子，刚开始改变这个习惯的时候，其实挺痛苦的。这就好比原本可以吃三碗饭，却吃了一碗就放下筷子，心里发虚。改变一种习惯，不但需要意志顽强，也需要循序渐进。在一些不甚重要的事上，先放手，容忍缺憾和不足，这也是让自己从完美主义的泥潭中拔出脚来的奠基石。

记住啊，示弱就是你破除自己完美魔咒的一个小裂口。示弱之后，你会发现，做一个不完美的人，是需要勇气的，也是有乐趣的。因为，世界本来就是不完美的，我们不过是顺势而为。

握紧你的右手

我不相信手掌的纹路，但我相信手掌加上手指的力量。

常常见女孩郑重地平伸自己的双手，仿佛托举着一条透明的哈达。看手相的人便说：男左女右。女孩把左手背在身后，把右手手掌对准湛蓝的天。

我常常想世上可真有命运这种东西？它是物质还是精神？难道说我们的一生都早早地被一种符咒规定，谁都无力更改？我们的手难道真是激光唱盘，所有的祸福都像音符微缩其中？

当我沮丧的时候，当我彷徨的时候，当我孤独寂寞而又悲凉的时候，我曾格外地相信命运，相信命运的不公平。

当我快乐的时候，当我幸福的时候，当我成功优秀而又欣喜的时候，我格外地相信自己，相信只有耕耘才有收成。

渐渐地，我终于发现命运是我怯懦时的盾牌，当我叫嚷命运不公最响的时候，正是我预备逃遁的前奏。命运像一只筐，我把对自己的姑息、原谅以及所有的延宕都一股脑地塞进去，然后蒙一块宿命的轻纱。我背着它慢慢地向前走，心中有一份心安理得的坦然。

有时候我也诧异自己的手。手心叶脉般的纹路还是那样琐细，但这只手做过的事情，却已有了几番变迁。

在喜马拉雅山、冈底斯山、喀喇昆仑山三山交会的高原上，我当过卫生员；在机器轰鸣、铜水飞溅的重工业厂区里，我做过主治医师。今天，当我用我的笔杆写下我对这个世界的想法时，我觉得我是用我的手把我的心制成薄薄的切片，置于真和善的天平之上……

高原呼啸的风雪，席卷了我的青春年华，并以浓墨重彩，倾泻于我行程中的每一处驿站。

岁月送给我苦难，也随赠我清醒与冷静。我如今对命运的看法，恰恰与少年时相反。

当我快乐、当我幸福、当我成功、当我优秀、当我欣喜的时候，当一切美好辉煌的时刻降临的时候，我要提醒我自己——这是命运的光环笼罩了我。在这个光环里，居住着机遇，居住着偶然性，居住着所有帮助过我的人。

而当我受挫和悲哀的时候，我便镇静地走出那个怨天尤人的我，像孙悟空的分身术一样，跳起来，站在云头上，注视着那个不幸的人。于是我清楚地看到了她的软弱，她的怯懦，她的虚荣，以及她的愚昧……

年近不惑，我对命运已心平气和。

小时候是个女孩，长大了成为女人，总觉得做个女人要比男人难，大约以后成了老婆婆，也会觉得比老爷爷累。

就像没有无缘无故的爱一样，生活中也没有无缘无故的幸运。对于女人，无端的幸运往往更像一场阴谋、一个陷阱的开始。我不相信命运，我只相信我的手。

因为它不属于冥冥之中任何未知的力量，而只属于我的心。我可以支配它，去干我想干的任何一件事情。我不相信手掌的纹路，但我相信手掌加上手指的力量。

蓝天下的女孩，在你纤细的右手里，有一粒金苹果的种子。所有的人都看不见它，唯有你清楚地知道它将你的手心灸得发痛。

那是你的梦想，你的期望！

女孩，握紧你的右手，千万别让它飞走！相信自己的手，相信它会在你的手里，长成一棵会唱歌的金苹果树。

未雨绸缪的女人

很多人选择的爱情和婚姻，出发点也是逃避孤独。

有一个游戏，我做过多次。规则很简单，几十个人，先报数，让参加者对总人数有个概念（这点很重要）。找一片平坦的地面，请大家便步走，呈一盘散沙状。在毫无戒备的情形下，我说："请立即每三人一组牵起手来！"场上顷刻混乱起来，人们蜂拥成团，结成若干小圈子。人数正好的，紧紧地拉着手，生怕自己被甩出去。

人数不够的，到处争抢。最倒霉的是那些匆忙中人数超标的小组，你看着我，我看着你，不知谁应该引咎退出……

因为总人数不是三的整倍数，最后总有一两个人被排斥在外，郁郁寡欢、手足无措地站着，如同孤雁。我宣布解散，大家重新无目的地走动。这一次，场上的气氛微妙紧张，我耐心等待大家放松警惕之后，宣布每四人结成一组。混乱更甚了，一切重演，最后又有几个人被抛在大队人马之外，孤寂地站着，心神不宁。我再次让大家散开。人们聚拢成堆，固执地不肯分离，甚至需要驱赶一番……然后，我宣布每六人结成一组……

这个游戏的关键，是在最后环节逐一访问每次分组中落单的人："在被集体排斥的那一刻，是何感受？你并无过错，但你是否体验到了深深的失望和沮丧？引申开来，在你一生当中的某些时刻，你可有勇气坚信自己真理在手，能够忍受暂时的孤独？"

我喜欢这个游戏，在普通的面团里埋伏着一些有味道的果馅。这个游戏表面是玩耍，令人思维松弛，如同浸泡在冒着气泡的矿泉中，或许在某个瞬间会发生奇妙的领会。

我和很多人玩过这个游戏，年轻的、年老的……记忆最深刻的是同一些事业有成的杰出女性在一起。也是从三个人一组开始的，然后是四个人一组。当我正要发布第三次指令的时候，突然，场上的女人们涌动起来，围起了五个人一组的圈子……我惊奇地注视着她们，喃喃自语道："我说了让大家五人一组吗？"她们面面相觑，许久的沉默之后回答——没有。我说："那为什么你们就行动起来了？听到了什么？想到了什么？"

那一天，大家就这个问题展开了激烈的讨论。大家说："我们是东方的女人，极端害怕被集体拒绝的滋味。看到了别人的孤独，将心比心，因此成了惊弓之鸟。既然前面的指令是三人或四人一组，推理下来就该是五人一组了。错把想象当成了既定的真实。现实的焦虑和预期的焦虑交织在一起，使我们风声鹤唳。我们是女人，更需要安全，于是竭尽全力地避开风险。至于风险的具体内容，有些是真切确实的，有些只是端倪和夸张。甚至很多人选择的爱情和婚姻，出发点也是逃避孤独。"

后来，我问过一位西方的妇女研究者，她可曾遇到这种情形？她说："没有，在我们那里，没有出现过这种情景。也许，东方的女性特别爱未雨绸缪。"我不知道这是表扬还是批评。大概所有的优点发展到了极致，都有了沉思和反省的必要。

淑女书女

好书对于女人，是家乡的一方绿色水土。离了它，你自然也能活。但与书隔绝的日子，心无家园。

假若刨去经济的因素，比如想读书但无钱读书的女子，天下的女人，可分成读书和不读书两大流派。

我说的读书，并不单单指读过小学、中学、大学、硕士和博士，也不单单指读过的一本本教材。严格地讲起来，教材不是书，而是谋生的预备阶段，含有被迫操练的意味，就像司机的驾驶学习和行车、厨师的红白案和刀功一样。

我说的读书，基本上也不包括读报纸和杂志，虽然它们都印有字，按照国人"敬惜字纸"的传统，混进了书的大范畴。那些印刷品上，多是一些讲求时效的信息，有着时尚和流行的诀窍。居家过日子的实用性虽是有的，但和书的真谛还是有些差异。

好书是沉淀岁月冲刷的沙金，很重，不耀眼，却有保存的价值。它们是地球上曾经生活过的那些智慧的大脑，在永远逝去之前自摄下来的思维照片。最精华的念头，被文字浓缩了。好像一锅灼热久远的煲汤，濡养着后人的神经。

书对于女人的效力，不像睡眠。睡眠好的女人，容光焕发。失眠的女人，眼圈乌青。读书的女人和不读书的女人，在一天之内是看不出来的。

书对于女人的效力，也不像美容食品。滋润得好的女人，驻颜有术。失养的女人，憔悴不堪。读书的女人和不读书的女人，在三个月之内，也是看不出来的。

日子是一天天地走，书要一页页地读。清风朗月，水滴石穿，一年、几年、一辈子地读下去。书就像微波，从内向外震荡着我们的心，徐徐地加热，精神分子的结构改变了，成熟了，书的效力才能凸显出来。

读书的女人，更善于倾听，因为书训练了她们的耳朵，教会了她们谦逊。她们知道世上多聪慧明达的贤人，吸收就是成长。

读书的女人，更乐于思考。因为书开阔了她们的眼界，拓展了原本纤细的胸怀。她们明白世态如币，有正面也有反面，一厢情愿只是幻想。

读书的女人，更勇于决断。因为书铺排了历史的进程，荟萃了英雄的业绩。她们懂得有得必有失，不再优柔寡断、贻误战机。

读书的女人，更充满自信。因为书让她们明辨自己的长短，她们既不自大，也不自卑。既然伟人们也曾失意彷徨，我们大可跌倒了再爬起来，抖落尘灰向前。

读书的女人，较少持续地沉沦悲苦，因为晓得天外有天、乾坤很大。读书的女人，较少无望地孤独惆怅，因为书是她们招之即来、永不疲倦的朋友。读书的女人，较少怨天尤人、孤芳自赏，因为书让她们牢记个体只是沧海一粟。读书的女人，较少刻毒与卑劣，因为书中的光明，日积月累浸染着她们的节操，鞭挞着皮袍下的"小"……

淑字，有温和、善良、美好之意。好书对于女人，是家乡的一方绿色水土。离了它，你自然也能活。但与书隔绝的日子，心无家园。半生过下来，女人就变得言语空虚、眼神恍惚、心胸狭窄、见识短浅了。

淑女必书女。

与教授远行

有许多爱情诞生于疾病的土壤，犹如最上品的茶树长在荒瘠的山坡。

教授是一位独身的年老女性，从学院调来搞金属矿山研究。她的第一件工作是到云南的深山调查情况。我想与她同行。

她的目光从老花镜的上方平行扫过我，说："我历来不愿意同女人一道出门。"

我扑哧乐了，说："咱们俩怎么那么像？"

于是两个都不喜欢与女人同行的女人并肩远行。

教授步态已略显蹒跚。到了机场，我要去办登机手续，教授抢去所有证件，说："你不要以为我需要你照顾。"

从此，我与教授平等相处。有一个旅客小声问我："她是不是你妈妈？"吓得我忙不迭地捂住了她的嘴。

教授处处要表现自己很年轻。

大家要到矿山去了解农民乱采乱挖矿石的情况，现场在高陡的崖坡。

您就不要去了，教授。我们可以给您看照片，放录像，找人座谈。当地人说。

"录像我在北京就可以看，下来就为看真相。请准备一双小号工作靴。"教授不由分说。

最小号的靴子套在教授脚上，还是像灾年的花生壳。教授走到桌前，扯下几张报纸，卷卷折折，塞进靴里，然后说："我左脚踩了四版日报，右脚踩了八版晚报，现在可以上山了。"

向导在前，教授居中，我殿后。在锐利如鱼脊的山背上，早已呼哧带喘的教授突然止步不前。我说："教授，怎么不走了？"教授说："我走不动了。"我说："那咱就回去。"教授用仅有的气力斥责我说："那怎么行！"我说："那也不能老趴在这儿，就是不跌下去，风也会嗖的一下把我们吹出窟窿。"

教授不理我，任山风在我们的脚下打着旋涡。折断的草茎和破碎的花瓣飘浮空中，勾勒出这一朵风和那一朵风的边缘。太阳明晃晃地刷着我的眼，我恍惚中以为是自家的露台。我不断提醒自己，可千万不要一高兴就松了手。

过了许久，教授朗声说："我好了，走。"

当地人说，这么老的婆婆，该在家抱孙子的。没想到这么好的精神，大约常吃人参。

好客的云南人，太爱给人吃过桥米线。教授不喜吃，就说："吓！你看这个碗有多大，可以把我的脸盛进去。"

教授的脸小而尖，透出年轻时的端丽。那个碗的确可以给教授当脸盆。她不由商量地把米线夹给我。

我说："教授，我也……"

教授说："以往人出来，吃不了的饭都是助手帮助解决。"

最后我剩下了大半碗米线，实在无力消化。教授就说："浪费！太不像话。"

半夜的时候，教授敲我的门，说："我饿了。"然后眼巴巴地看着我。

我说："我只有大大泡泡糖，橘子香型。"

她皱着眉说："甜吗？我从来没吃过那东西。"

我说："甜得让您立即长出龋齿。"

她说："那太好了。糖的分子式都是一样的。我低血糖。"

我说："这么晚了您还没睡。"

她说："我已经起了。那么多数据需要我处理。"

我说："注意泡泡糖嚼完了就吐掉，不然泡泡会粘到您的眼镜上。"

第二天早上，她说："泡泡糖还挺灵。女伴也有好处。"

汽车在莽莽苍苍的哀牢山脉穿行，果酱色的红河水在几百米深的谷底从容蠕动。当汽车行驶到某一特定角度时，红河水会突然耀起金箔似的闪光。我们不时与拉香蕉的货车相遇，由于道路太窄，小车只好仄起半边轮子，容那翠绿色的庞然大物先行。

在浓郁的青香蕉气味里，我问教授："您这一生，是否有过刻骨铭心的爱情？"

她警觉地问："你这是什么意思？"

我说："没什么意思，只是好奇。像您这么美丽的女人，不会没有人爱。"

她说："我年轻时并没有你想象的那样美丽，是老了才有人说这个词。"

我说："女人一般是越老越显出憔悴琐碎之色，您与这规律不符，说明了您内心的善良和开朗。"

她沉吟着说："我十几岁的时候，非常仰慕我们工作队的队长。工作队你懂吗？"

我说："教授，我远比您想象的要渊博。"

教授接着说："我那时只是一名普通的大学生。我不知道怎样才能表达我的感情。关键是我不知道他怎样看我。后来他得了疟疾，每天都要按时服药，要不然会猛烈地发作。看着他生病，我焦急得不行，恨不能把病从他的身上抠下来移植到自己身上。有一天，他说，'麻烦你把金鸡纳霜拿来，它就在我的桌子上。'我一溜风跑到他的办公室，但他的桌面干干净净，连图钉也没有一颗。我怕误了他用，就四处翻找。他平日都是锁着抽屉的，那一天却忘了。我看到抽屉里的金鸡纳霜的瓶子，还看到瓶子下面有一封信。准确地说，那是一封信的草稿。信没有抬头，但我看出他是给我写的，历数了我的种种缺点错误……"

"那都是些什么批评，能否告诉我？"

"当然可以。无非是柔弱伤感，爱穿鲜艳的衣服，爱唱浪漫的歌。"

"就这些？"

"就这些。"教授看着窗外一株株挺拔的柠檬桉，平静地说。

我知道当年她绝不是这样平静。但纵是一块黄连，咀嚼太久后味也淡然。

"后来呢？"我问。

"后来我就把金鸡纳霜给他了。"

"我不是问的这个后来。我问的是别的后来。"我说。

"没有后来。后来他的病好了，调到更重要的地方去了。我再也没见过他。"她说。

"可是那封信？您说过它是草稿。"

"是的，是草稿。它就一直没有被正式抄定，更没有被装进信封。"

"后来您问过他这件事吗？"

"没有。他对我是那样的看法，我不好意思再同他讲话。可以聊以自慰的是，现在的我已同那时的我大不相同。"

一棵英雄树闪过。因不是开花的季节，所以没有诗人们讴歌的壮丽景象，它们静静地屹立着，很是普通。

我微笑着思忖着说："教授，您到今天还没有想清这是怎么一回事吗？"

她说："怎么一回事？我真奇怪今天为什么要对你说这些。下次还是带个小伙子好，小伙子没这么啰唆。"

我说："教授，您听我说。在以后的岁月里，您就一直在改正他指出的缺点，但再也没有碰到像他那样的人。我说得对吗，教授？"

教授说："带着你远行，是我的重大失误。"

我说："教授，您不要自欺欺人。我来戳破窗户纸。他给您的实际是一封情书，金鸡纳霜就是信使。一切都是预谋。当然疟疾是真的。队长平日忙，在病中才有时间谈论感情。有许多爱情诞生于疾病的土壤，犹如最上品的茶树长在荒瘠的山坡。在那个年代，他以为作为一名有志青年，对一个女孩最大的热情，就是狠狠指出她的不足……"

猛烈的急刹车。因为一个穿着鲜艳到繁杂的少数民族少女横穿公路。她摇着满头的银饰调皮地笑笑，全然不理会我们的头撞出青包，飞快地跑了。

教授若有所思地说："我那时和她一样年轻。"

"您现在是否还想知道他的下落？"我试探着问。这一次可实在没有把握。

"想。"她干脆而果决地回答。我依稀看到一个穿列宁服的女孩活跃在教授瘦小的轮廓里，将她苍白的鬓发蜕成乌黑。

"那我可以把咱们的云南之行写成一篇散文，把它登在报纸上。散文都是真事。也许当年的工作队队长会在遥远的地方看到这篇文章，也许他会给编辑部写一封信，找到了我就找到了您。"我说。

"好。"她干脆地说。我看到木棉花一样的热情在她的眸子里开放。

之后，我们久久无话，像两个厮打过的拳手酣战后歇息，专心听亚热带的风在橡胶林里呼叫。

返程的时候，教授已用收集来的资料，写出了极有价值的经济政策研究报告。到达机场后，教授依然忙不迭地取了我的一应证件，去办登机手续。

我坐在候机室舒适的皮椅上，注视着教授略带佝偻的背影。

教授，我知道您为何这样匆匆。

您是怕我拿了您的证件，就知道了您的真实年龄。

教授，何必呢。其实我早已知道了您的年龄。您在我心中永远年轻。

深圳女"牙人"

我对面前的龅牙女士刮目相看，她把一种陌生而充满活力的关于女人的观念，像那盏美味的水鱼汤一样，灌进了我的胃。

起因是我在那座五星级的酒店里不好好走路，东张西望，看了那扇紧闭的小门一眼。

就在我张望的那一瞬，小门突然开了。我看见许多如花似玉的女孩端端正正地坐在里面，全神贯注地听一位女士讲着什么。

在深圳，美丽的女孩不算稀奇，好像全中国的美女都集中在这里了，她们要以自己的青春、美貌、智慧和胆略换取更高的地位与更多的金钱。除了那些使用不正当手段的，一般说来我很钦佩她们，但这些女孩脸上的神情打动了我。小门后面是一间宽敞豪华的多功能厅，排着桌椅，好像临时布置的课堂。那里不知在传授着什么诀窍，她们沉迷得如醉如痴。

恰在此时，那位主讲的女士回了一下头，使我清晰完整地看到了她的形象。她穿一身"梦特娇"的黑丝裙，裙子泛着华贵高雅的光华。但是，她长得好丑啊！两只距离很远的鼓眼睛，架着烧饼一般厚重的大眼镜，很像唐氏综合征的脸庞。特别是她的牙齿，猛烈地向前凸，好像随时要拱什么东西吃。人们俗称这种人为：龅牙齿。

但有一种威严像光环一样笼罩在她的周身，使课堂上所有的靓丽女子都屏气凝神地听她讲课。她叫起一个非常娇美的女孩，说："你讲讲，听了我的课，你以后打算每月挣多少钱？"

那个女孩很有魅力地说："我以前在政府当文员，每月薪水一千五百元。我既然干了这一行，起码收入要翻一番，每月薪水三千元，我想差不多。"

龅牙女士问："大家觉得怎样？"女孩们窃窃笑着，表示赞同。

龅牙女士一字一句地说："假如你们有一天挣到刚才说的那个数，就是每月三千元，我对你们有一个要求，就是无论走到哪里，无论什么人问起，你们都不要说是我的学生。这太丢人了！你们每个月最少要计划挣到一万元。"

全场大骇。

就在这一刻，我萌发了采访龅牙女士的愿望。

她是一位专做金融期货的交易所经纪人，是资深的行家里手。

经纪人是在商品交换中专门从事介绍交易，以获取佣金的中间人，古称"牙人"，专门为买方和卖方牵线搭桥。在欧美等经济发达国家，经纪人行业极为发达。随着我国改革开放事业的发展，新的经纪人行业也从东方古老的地平线上升起来了。

龅牙女士要同世界上几个大的交易所同步工作，由于时差，每天都干到夜里两点，上午又要分析路透社的电讯，我们只有利用共进午餐的时间交谈。

奢华典雅的西餐厅，枝形吊灯像一树金苹果，在我们头顶闪耀。

我特地带了几百元钱，预备做东，心里忐忑着，不知这位腰缠万贯的富豪小姐的开销会不会超出我的预算！没想到她素手一挥说："今天我做东。"

我说："那怎么好意思？已经浪费了您的时间，再要您破费，不是太说不过去了？"她说："不要争了，我喜欢做东，喜欢最后一招手叫服务员买单的豪迈。我要谢谢你给了我这样一个机会。"说罢她详细地问了我的喜好，为我点了法国蜗牛、水鱼汤、甜点和一客叫"雪山火焰"的冰激凌，而她自己只要了一份行政午餐。

面对这样的女士你还能说什么？我只有精心地用钳子去夹蜗牛。见她的脸色不大好，我关切地问她是不是病了。

不想这一句，她的脸色倒空前地红润起来。"昨天晚上累的呀！"她说，"日本首相辞职，引起美元对日元汇率比价的大动荡。昨天晚上我不断地下单子，所有的单子都在赚。一夜之间，我为我的客户赚了十五万美元，所以现在神经还松弛不下来。"

　　我瞠目结舌。"那您也能得不少报酬吧？"我问。

　　"没有。一分都没有。"龅牙女士平静地回答我，"除了应有的佣金，无论我们为客户赚了多少钱，我们都拒绝接受额外的报答。"

　　"为什么？您毕竟是用自己高超的智慧为他赚了大钱啊！出于人之常情，也该这么办事的。"我说。

　　"我们是在用客户的钱做生意，事先已经说好了固定的佣金，其余赚了的钱自然都是客户的。我们每一笔账目都是有据可查的，不能多拿一分。这是我们这一行的职业道德。"龅牙女士很仔细地吃她的蛋炒饭，以同样的仔细回答我的问题。

　　我说："既然你们为客户赚钱，拿的佣金都是一定的，那你们会不会不认真做呢？"

　　她说："不会。干这一行需要很强的责任心，如果你不认真，老给你的客户赔钱，他就不让你做了。你的坏名声就传出去了，你就是想做也做不下去了。我们也像老字号一样，有自己的声誉呢。比如我，客户就多得很，遍布全国。一般的小客户我是不接的。"龅牙女士颇为自豪地说。

我频频点头，但出其不意地问："您现在当然是门庭若市了啊，可是从前呢？您初出市的时候，人们也这么抢您吗？"

她陷入了沉思……我替那时的她发愁。

"是啊。我这个人别的本事不敢说有多少，但绝对有勇气。我翻电话簿子专找那些有名的大公司，指名点姓地要见总经理。我说，我给你们送来了一个绝好的发财机会，就看你们能不能抓住。"

"结果呢？"我替她捏了一把汗。

"结果是我打了四百个电话，只有一个总裁愿意当面听我说说关于期货的投资问题。"

"后来呢？"我简直有点紧张了。因为我知道女人给人的第一面感官印象是多么重要，龅牙女士这么不扬的外貌，纵使她再踌躇满志，只怕人家一见了她的面孔，也要三思而行。更不消说大公司里簇拥着花容月貌的女人，叫她们一陪衬，龅牙女士非无地自容不可。

我试探着说："在全国最美的佳丽云集的深圳，您在工作中有无感到压力？"

她优雅地笑了，凸起的牙略略收敛了一些。"你是说我长得有些困难，是不是？"她一针见血地说。

我也索性开门见山，"是啊，心灵美自然是很宝贵的，但外貌美在初次打交道里，也非常重要。特别是在深圳，特别是对女人。"我有些残酷地指出这一点，且看她如何作答。

她爽朗地大笑，全然不顾女人笑不露齿的古训。况且她的牙始终不屈不挠地暴凸在外面，就是想掩藏也是徒劳。笑罢，她很严肃地说："你说错了。深圳以貌取人不假，但那是指的衣着之貌，而非相貌之貌。我长这个样子，不但未使我的工作受挫，反倒帮了我的大忙。"

看我不解，她接着说："第一，假如你在深圳看到一个非常美丽的女子，同你探讨投资的事，你的第一个念头肯定是，她没准是个骗子。老板可能乐意同她搭讪，跳舞或喝咖啡，但绝不放心把钱交到她手里。而我出马的时候，就免了这样一层猜度。第二，假如哪个漂亮的女人做成了什么事业，人们往往会怀疑她是否利用了自己的美色，而对她的真才实学持考察态度。她在无形中先失去了人们的信任。而我则得天独厚。第三，中国人是很相信老祖宗留下来的话的，人人都会说，人不可貌相，海水不可斗量。一般人看到我这样一个貌丑的女人，竟敢气宇轩昂地走进写字楼，几乎可以判定我有超人的技艺，对我另眼看待。第四，我要想见到总经理、总裁这一类的角色，免不了要同秘书小姐打交道。她们对来访的女宾警惕性格外地高，尤其是靓女，但她们对我天生不设防，甚至还怀着淡淡的怜悯，这为我的工作提供了不少的方便。我在心里暗暗地对她们说，其实你们不过是老板的雇员，而我则是他的伙伴——投资顾问。我的价值要高得多。第五，免去了许多人的想入非非。这一点我不解释你也可以明白的，因此，我得以潜心研究期货操作的理论与实践。我对这一行充满了热爱与投入……"

面对她钢铁一样的谈话逻辑，我心悦诚服。

面对这样一个既很丑也不温柔的龅牙女子，你会觉得她的灵魂高贵而倔强。

我说："您也是一种女人的典范呢。"

她矜持地微笑说："你不要夸我，我正准备教那些新来的女孩学坏。"

我骇了一跳。我已知道那些女孩是期货代理公司新招聘的经纪人，她们经过刻苦的学习，就要开始正式工作了。龅牙女士说："你不要惊奇，我主要是教会她们享受。她们必须要买名牌的西装，以保持永远仪表高雅。必须每天都用名贵化妆品，以使自己的面部看起来容光焕发。出门必须'打的'，绝不能去挤公共汽车。她们必须学会进高档歌舞厅，借剧烈的体力运动宣泄掉白日脑力工作的紧张。她们必须吃正规的中餐或西餐，绝不允许在大排档凑合吃一碗云吞或是煎饼……"

我说："想不到您还这样事无巨细地关心女经纪人的健康。"

她冷冷地说："我不是关心她们的健康，我是关心她们的饭碗。"

我还不觉悟，说："您是怕大排档不干净，坏了她们的肚子？"

她说："我是怕她们的客户看到她们狼狈不堪地从公共汽车上走下来，满头满脸的汗，吃着肮脏的小吃。这样的话，客户还会把几十万上百万的投资交给我们吗？"

我担忧地说："这么大的花费，这些初入行的女孩能承担得起吗？"

她说："可以去借呀，会用别人的钱赚钱的人，才是聪明人。她们必须学会享受，享受可以激发人的欲望。你想拥有美妙的生活，你就得好好干。当然我说的是用正当手段去挣钱。假如一个人，特别是一个女人，如果只满足于吃糠咽菜，她就注定不会有什么大出息。假如你享受过了，你就不愿意再过苦日子，你只有拼命地去做、去挣钱，才能维持你优越的生活。且不说在这种工作中，你还赢得了创造的快乐。"

我对面前的龅牙女士刮目相看，她把一种陌生而充满活力的关于女人的观念，像那盏美味的水鱼汤一样，灌进了我的胃。

我们沉默着，沉默不是金，是一种思考。

她突然微笑着说："你猜，我现在在想什么？"

我说："在想一个庞大的计划吧？"

她说："不是啊。我在想，明天我再见到那些新来的女孩子，要对她们交代一件事情。那两天讲课时，我忘记了。"

我说："什么事这么重要呢？"

她说："我还要告诫她们，只要你当一天经纪人，腿上就永远不能穿长筒袜，而要穿连裤袜。"

我说："一双袜子还有这么多讲究吗？"

她说："当然啦，一个在同老板讨论大投资的女经纪人，如果突然感到她丝袜的松紧带要掉，她就会惊恐万分，会把大事耽误了。"

我的目光已经注意不到她的龅牙带来的缺憾，只觉得她的脸上自有一种和谐。

只见她潇洒地一挥手，说："服务员，买单！"

将幸福砝码握在自己手上

爱怕什么?

在生和死之间,是孤独的人生旅程。保有一份真爱,就是照耀人生得以温暖的灯。

爱挺娇气、挺笨、挺糊涂的,有很多怕的东西。

爱怕撒谎。当我们不爱的时候,假装爱,是一件痛苦而倒霉的事情。假如别人识破,我们就成了虚伪的坏蛋。你骗了别人的钱,可以退赔,你骗了别人的爱,就成了无赦的罪人。假如别人不曾识破,那就更惨。除非你已良心丧尽,否则便要承诺爱的假象,那心灵深处的绞杀,永无宁日。

爱怕沉默。太多的人,以为爱到深处是无言。其实爱是一种很难描述的感情,需要详尽的表达和传递。爱需要行动,但爱绝不仅仅是行动,或者说语言和温情的流露,也是行动不可或缺的部分。我曾经和朋友们做过一个测验,让一个人心中充满一种独特的感觉,然后用表情和手势做出来,让其他不知底细的人猜测他的内心活动。出谜和解谜的人都欣然答应,自以为百无一失。结果，能正确解码的人少得可怜。当你自觉满脸爱意的时候，他人误读的结论千奇百怪。比如认为那是矜持、发呆、忧郁……

一位妈妈，胸有成竹地低下头，做出一个表情。我和另一位女士愣愣地看着她，相互对视了一下，异口同声地说："你要自杀！"她愤怒地瞪着我们说："岂有此理！你们怎么那么笨？我此刻心头正充盈温情！"愚笨的我俩挺惭愧的，但没等我们道歉的话出口，那妈妈恍然大悟道："原来是这样！怪不得我每次这样看着儿子的时候，他会不安地说，'妈妈，我又做错了什么？你又在发什么愁？'"

爱是那样地需要表达，就像耗竭太快的电器，每日都得充电。重复而新鲜地描述爱意吧，它是一种勇敢和智慧的艺术。

爱怕犹豫。爱是羞怯和机灵的，一不留神它就吃了鱼饵闪去。爱的初起往往是柔弱无骨的碰撞和翩若惊鸿的引力。在爱的极早期，就敏锐地识别自己的真爱，是一种能力，更是一种果敢。爱一桩事业，就奋不顾身地投入。爱一个人，就斩钉截铁地追求。爱一个民族，就粉身碎骨地献身。爱一种信仰，就至死不悔。

爱怕模棱两可。要么爱这一个，要么爱那一个，遵循一种"全或无"的铁则。爱，就铺天盖地，不遗下一个角落。不爱就当机立断，分道扬镳。迟疑延宕是对他人和自己的不负责任。

爱怕沙上建塔。那样的爱，无论多么玲珑剔透，潮起潮落，遗下的只是无珠的蚌壳和断根的水草。

爱怕无源之水。沙漠里的河啊，即便不是海市蜃楼，波光粼粼又能坚持几天？当沙暴袭来的时候，最先干涸的正是泪水积聚的咸水湖。

爱怕假冒伪劣。真的爱也许不那么外表光滑，色彩艳丽，没有精致的包装，没有夸口的广告，但它有内在的质量保证。真爱并非不会发生短路与损伤，但是它有保修单，那是两颗心的承诺，写在天地间。

爱是一个有机整体，怕分割。好似钢化玻璃，据说坦克压上也不会碎，可惜它的弱点是宁折不弯，脆不可裁。一旦破碎，就裂成了无数蚕豆大的渣滓，流淌一地，闪着凄楚的冷光，再也无法复原。

爱的脚力不健，怕远。距离会漂淡彼此相思的颜色，假如有可能，就靠得近一点，再近一点，直到水乳交融、亲密无间。万万不要人为地以分离考验它的强度，那你也许后悔莫及。尽量地创造并肩携手、天人合一的时光。

爱像仙人掌类的花朵，怕转瞬即逝。爱可以不朝朝暮暮，爱可以不卿卿我我，但爱要铁杵磨成针，恒远久长。

爱怕平分秋色。在爱的钢丝上不能学高空王子，不宜做危险动作。即使你摇摇晃晃，一时不曾跌落，也是偶然性在救你，任何一阵旋风，都可能使你飘然坠毁。最明智最保险的是赶快从高空回到平地，在泥土上留下深深脚印。

爱怕刻意求工。爱可以披头散发，爱可以荆钗布裙，爱可以粗茶淡饭，爱可以风餐露宿。只要一腔真情，爱就有了依傍。

爱的时候，眼珠近视散光，只爱看江山如画；耳是聋的，只爱听莺歌燕舞。爱让人片面，爱让人轻信。爱让人智商下降，爱让人一厢情愿。爱最怕的，是腐败。爱需要天天注入激情的活力，但又如深潭，波澜不惊。

说了爱的这许多毛病，爱岂不一无是处？

爱是世上最坚固的记忆金属，高温下不熔化，冰冻不脆裂。造一架爱的航天飞机，你就可以驾驶着它，遨游九天。

爱是比天空和海洋更博大的宇宙，在那个独特的穹隆中，有着亿万颗爱的星斗，闪烁光芒。一颗小行星划下，就是爱的雨丝，缀起满天清光。

爱是神奇的化学试剂，能让苦难变得香甜，能让一分钟驻成永远，能让平凡的容颜貌若天仙，能让喃喃细语压过雷鸣电闪。

爱是孕育万物的草原。在这里，能生长出能力、勇气、智慧、才干、友谊、关怀……所有人间的美德和属于大自然的美丽天分，爱都会赠予你。

在生和死之间，是孤独的人生旅程。保有一份真爱，就是照耀人生得以温暖的灯。

哑幸福

有些人残酷地拒绝了幸福，还愤愤地抱怨着，认为祥云从未卷过他的天空。

初逢一女子，憔悴如故纸。她无穷尽地向我抱怨着生活的不公，刚开始我还有点不以为然，很快就沉入她洪水般的哀伤之中了。你不得不承认，在这个世界上，有些人就是特别倒霉，女人尤多。灾难好似一群鲨鱼，闻到某人伤口的血腥之后，就成群结队而来，肆意啄食他的血肉，直到将那人的灵魂啜成一架白骨。

"从刚开始，我就知道自己这辈子不会有好运气。"她说。

我惊讶地发现，在一片黯淡的叙述中，唯有说这句话的时候，她的脸上显出生动甚至有一点得意的神色。

"你如何得知的呢？"我问。

"我小时候，一个道士说过，这小姑娘面相不好，一辈子没好运的。我牢牢地记住了这句话。当我找对象的时候，一个很出色的小伙，爱上了我。我想，我会有这么好的运气吗？没有的。我就匆匆忙忙地嫁了一个酒鬼。他长得很丑，我以为，一个长相丑恶的人，应该多一些爱心，该对我好。但霉运从此开始。"

我说："你为什么不相信自己会有好运气呢？"

她固执地说："那个道士说过的……"

我说："或许，不是厄运在追逐着你，而是你在制造着它。当幸福向你伸出手的时候，你把自己的手掌，藏在背后了，你不敢和幸福击掌。但是，厄运向你一眨眼，你就迫不及待地迎了上去。看来，不是道士预言了你的厄运，而是你的不自信，引发了灾难。"

她看着自己的手，摩挲着它，迟疑地说："我曾经有过幸福的机会吗？"

我无言。有些人残酷地拒绝了幸福，还愤愤地抱怨着，认为祥云从未卷过他的天空。

幸福很矜持。遭逢的时候，它不会夸张地和我们提前打招呼。离开的时候，也不会为自己说明和申辩。

幸福是个哑巴。

发出声音永远是有用的

呐喊是必须的，就算这一辈子无人听见，回声也将激荡久远。

如果你身为一个女性，请不要抱怨。这个世界就是如此地不平等，在你以前很久，就是这样了。在你以后很久，也会是这样。所以，它等待着你的降临和奋斗。你的降临和奋斗，也许什么也不能改变，也许能让它变得更美好一些，但起码这个世界因为有了你的存在，而有了希望。

有一年，我应邀到一所中学演讲。中国北方的农村，露天操场，围坐着几千名学生。他们穿着翠蓝色的校服，脸蛋呈现出一种深紫的玫瑰红色。冬天，很冷。事先，我曾问过校方："不能找个暖和点的地方吗？"校长为难地说："乡下学校，都是这种条件，凡是开全校大会，都在操场上。"我说："其实我不是在考虑自己，而是想孩子们可受得了。"校长说："您放宽心，没事。农村孩子，抗冻着呢。"

我从不曾在这样冷的地方讲过这么多的话。虽然，我以前在西藏待过，经历过零下四十摄氏度的严寒，但那时我们急匆匆像木偶一般赶路，缄口不语，因为说话会让周身的热量非常快地流失。这一次，吸进冷风，呼出热气，在腊月的严寒中面对着一群眼巴巴看着自己的农村少年谈人生和理想，我口中吐冒一团团的白烟，像老式的蒸汽火车头。

演讲结束了，我说："谁有什么问题，可以写张字条。"这是演讲的惯例，我有什么地方说得不妥当，请大家指正。孩子们掏出纸笔，往手心哈一口热气，纷纷写起来。老师们很负责地在操场上穿行，收集字条。

我打开一张字条。上面写着：我很生气，这个世界是不平等的。比如，我为什么是一个女孩呢？我的爸爸为什么是农民，而我同桌的爸爸却是县长？为什么我上学要走那么远的路，我的同桌却坐着小汽车？为什么我只有一支笔，他却有那么大的一个铅笔盒……

我看着那一排钩子一样的问号，心想这是一个充满了愤怒的女孩，如果她张嘴说话，一定像冲出了一股乙炔，空气都会燃起亮白的火苗。

我大声地把她的条子念了出来。那一瞬，操场上很静很静，听得见遥远的天边，一只小鸟在嘹亮地歌唱。我从台子上望下去，一双双乌溜溜的眼珠，在玫瑰红色的脸蛋上瞪得溜圆。还有人东张西望，估计在猜测字条的主人。

据说孩子们在妈妈肚子里的时候，就能体会到母亲的感情。很多女孩子从那个时候，就感受到了这个世界的不平等，因为你不是一个男孩，你不符合大家的期望。

　　这有什么办法吗？没有。起码在现阶段，没有办法改变你的性别。你只有认命。我在这里说的"命"，不是虚无缥缈的命运，而是指你与生俱来的一些不能改变的东西。比如你的性别，比如你的相貌，比如你的父母，比如你降生的时间地点……总之，在你出生时就已经具备的这些东西，都不是你所能左右的。你只能安然接受。

　　不要相信对你说这个世界是平等的那些话。在现阶段，这只是一厢情愿。不过，你也不必悲观丧气。其实，世界已经渐渐在向平等的灯塔航行。比如一百年前，你能到学堂里来读书吗？你很可能裹着小脚，在屋里低眉顺眼地学做女红。县长的儿子，在那个时候，要叫作县太爷的公子了，你怎么可能和他成为同桌？在争取平等的路上，我们已经出发了。

　　没有什么人能承诺和担保你一生下来就享有阳光灿烂的平等。你去看看动物界，就知道平等是多么罕见了。平等是人类智慧的产物，是维持最多人安宁的策略。如果你明白了这件事情，就会少很多愤怒，多很多感恩。你已经享受了很多人奋斗的成果，你的回报就是继续努力，而不是抱怨。

　　身为女子，你不要对这样的不平等安之若素，你可以发出声音。说了和没有说，在暂时的结果上可能是一样的，但长远的感受和影响是不一样的，对你性格的发展是不一样的。而且，只要你不断地说下去，事情也许就会有变化。记住，发出声音永远是有用的，因为它们可能会被听到并引发改变。

　　说实话，让一个受到忽视的女孩子，很小就发出对于自己不公平待遇的呐喊，几乎是不可能的。但我思索再三，还是决定保留这个期望。因为今天的女子，也可能变成明天的母亲。如若她们因循守旧，照样端起了不平等的衣钵，如若她们的女儿发出呼声，也许能触动她们内在的记忆，事情就有可能发生变化。当然了，如果女孩子长大了，到了公共场合，这一条就更要记住并择机实施。记住，呐喊是必须的，就算这一辈子无人听见，回声也将激荡久远。

将幸福砝码握在自己手上

你必须为自己负责，对所有的事负责，包括幸福。

我觉得婚礼上有一句常说的话，足够不负责任。什么话呢？就是新郎常常会满怀深情地对新娘说："我会给你幸福！"新娘呢，就像喝了迷魂汤，满怀痴情地把小手交到新郎的手中，以为从此就踏上了幸福的康庄大道。

为什么说这句话很不负责任呢？因为按照常识，幸福这件事是要自己负责的，是任何人都不能包办的。你不能相信如此重大和紧要的事情，能够全权委托他人办理。就算他是好意，他是真情，你也千万不能相信。有的妈妈也很爱说一句不负责任的话，她们对自己的孩子说，宝宝，我会给你幸福！如果把这当成一句表决心的话，自己对自己说，也就罢了。对孩子说，他就会以为幸福真的可以由别人交给他，是一种外在的可以转让的东西。不！不是这样的！你必须为自己负责，对所有的事负责，包括幸福。只有那些心理不健康的人，才会把命运的缰绳，交到别人手里。一旦野马脱缰，他们往往大惊失色，怨天尤人，不知道事情在哪一个环节上出了纰漏。其实很简单，从根子上就失误了。是他们自己把生活变成了沾满洋葱汁液的手绢，一深入接触，就泪流满面。

世上可真有一见钟情

所谓的一见钟情，不过是按图索骥。

　　我收到出版社寄来的一封厚厚的特快专递，签了名，撕开信封，才发现淡蓝色的特快专递信封里面，还藏着另外一封特快专递。

　　我先看的是出版社的信函。他们说：毕老师，这是一位读者的来信，写明了是转给您的，我们就没有打开，不知是何内容。我们虽然用的是最快的速度，辗转中恐怕也耽误了时间，请您原谅……

　　我常常收到读者来信，但用双重特快专递发来的信，实不多见。这封信里写的是什么？我很好奇。

　　以下是这封信的内容。

　　尊敬的毕老师：

　　　我不知道这封信能不能到达您的手中。我在街上买过您的书，看了以后，觉得自己的故事比您书中写到的所有的故事都更精彩。我很想给您写一封信，可是我不知道您的地址。就算是知道了，我想，您可能常常收到很多读者来信，也许看也不看就送到字纸篓里了（但愿我这是以小人之心，度君子之腹）。即便您有时会看看信，但我的信混迹其中，您很可能就忽略掉了。我决心采取一种其他的方式让您读到我的信，我写了一封信给您那本书的责任编辑，很恳切地求她把我的信转给您。我相信当您看到这些文字的时候，我的信已经成功地转送到您手中了。

其实，我想问您的问题很简单：世界上到底有没有一见钟情这种东西呢？如果有，它是不是最美好的爱情？如果一个人没有遇到过一见钟情，是不是人生就不够完满呢？比如灰姑娘和王子的爱情，肯定是一见钟情的，还有《西厢记》《牡丹亭》什么的，都是这种类型，如此才成了千古绝唱。

好了，不说别人的事和古人外国人的事了，说我自己的事。

我是一个很美丽的女孩，可惜我不愿让您在大马路上把我认出来，否则的话，我应该把自己的照片寄一张给您，这样您就不会暗自笑话我自恋或是吹牛了。我的外形真的很不错，几乎称得上"国色天香"了。其实，我也不懂这个词到底是什么意思，总之男人们常常这样形容我，在这里借用一下就是了。

我的自夸到此为止，言归正传。在十八岁之前，我基本上是一个单纯的女孩，上了大学之后，才渐渐地变得复杂起来。我知道了我的美丽是我的骄傲，上课的时候，连七八十岁的老教授也会多看我几眼，更不消说那些年轻的讲师和男同学了。

能上大学的女孩很多，美丽的女孩也很多。但能上大学又美丽的女孩就不是太多了。现在不是到处都在讨论资源开发吗？坦率地说，我觉得自己就是一个很好的资源。我要善待自己，把自己的资源充分利用起来，我要把自己好好地嫁出去。好比一个抓到了一手好牌的人，我为什么不能大赢特赢呢？

我本来准备大学毕业以后，再慎重处理自己嫁人的问题，结果猝不及防地就被丘比特的毒箭射中了。您一定要说，爱神之箭怎么能叫毒箭呢？因为它毒汁四溢，让我遍体鳞伤。

那天我到食堂打饭，很长的队，好不容易排到跟前，不想我的饭卡突然找不到了。大师傅很不耐烦地催我，后面的同学熙熙攘攘，一个劲地往前挤。正在尴尬万分的时候，一个很有磁性的声音，在我后脑上方响起：你先拿我的饭卡买饭吧。我回头一看，一个高大英俊的男生正微笑地看着我，他的牙齿像米饭一样雪白。特别是他的整个身体，散发出一种独特的香气。真的，在饭厅数十种菜肴和煎炸烧烤之中，他的气味是那样芬芳清新。我一下子就被击中了，简直就像是被施了魔法，乖乖地拿了他的饭卡。

那天的中午饭，我们顺理成章地在一起吃了。因为我要还他的饭钱，所以我留下了他的住址。他是新来的研究生。我还记得那顿饭我们要的都是鱼香肉丝，那种甜分分的青椒气味，我一辈子都不会忘记。

我们飞快地坠入了爱河。他对我说，很想租一间房子，和我住在一起。如果一天没有八小时以上看到我抚摸到我，他什么课都听不进去。

我的计划被他的计划打破，我对自己说，为了他早日成才，也为了我的将来，就答应他吧。就这样，我们共筑了一间精致的爱巢，住了进去。

您一定不相信，我看起来是那种很时尚很前卫的女孩，其实骨子里是很保守的。我把自己的贞节一直保持到了我们住进小屋的那一刻。我以为他看到鲜红的血迹会很高兴，不料他皱了一下眉说："真没想到。"我很奇怪，说："你不高兴吗？"他说："不是不高兴，是觉得自己的责任太大了。"那一刻，我突然萌生了不好的预感，觉得他是一个害怕负责的男人。

不过这种不祥的念头很快就消失了。我天天沉浸在芬芳的气味当中，非常幸福。我对他说："你知道自己有一种特别的气味吗？"他很诚实地说："不知道。你可能是太喜欢我了，才生出幻觉。"我当然不能承认幻觉这个说法，好像我的神经不正常了，我就请最好的朋友到我家来闻一闻。好友像猎狗一样在我们的小巢里走来走去，最后她万分认真地对我说："除了男人的汗臭，并无其他味道。你以为你找到的是一头香獐或是麝香牛吗？你是情人眼里出西施，其实他和其他男人别无二致。"

朋友走了，我也一笑了之。别人闻不到他的奇特，这最好了，要是人人都像我似的一见钟情，我的未来还不保险了呢！我们就这样幸福地过了一百零九天，比《水浒传》的一百零八将还多一天。没想到那天晚上他吃完了我为他包的鸡肉馄饨之后，对我说："对不起，我不爱你了。我明天就会搬出这间房子。不过，请你放心，房租我已经交到月底了，你还可以安心住着，不必慌张。"

我大吃一惊，说："你怎么可以这样！"他很震惊地说："我怎么就不可以这样？既然我们可以一见钟情，我也能和别人一见钟情。我爱上了另外一个女孩。"我说："你不要脸。"他说："你不要出口伤人。我们本来就是同居，合则聚不合则散，你我都是自由人。"我说："那你以前的山盟海誓呢？"他说："你怎么可以相信那些！什么冬雷震震夏雨雪，现在全球大一统，咱们这里是夏天，南半球就是冬天，当然可以夏雨雪了。所以，没有不变的东西，要与时俱进嘛！"

我真的很想像电影里那样，狠狠地抽他一个大嘴巴，但是极度的衰弱辖制了我。我呆若木鸡，根本就抬不起臂膀，眼睁睁地看着他收拾完了自己的东西，扬长而去。

我想问您的就是：世界上有一见钟情这种东西吗？它是甘霖还是毒药？我相信一见钟情，可一见钟情的结果居然这样残酷。我以后还有能力爱一个人吗？它将是怎样的方式呢？

萧箐

毕老师说：

很多人以为自己的故事很独特，其实很多故事常常是每天都在世界各地重复上演的电视剧。这样说一点都不是小瞧萧箐的痛苦。我们的痛苦并不是因为独特才引人注目，而是因为它来自我们最内在的情感。无论起因多么平凡，都有可能引爆精神地层的断裂。

关于一见钟情，这实在是一个古老的话题。如果把恋爱做一个最简单的分类，那就是一见钟情和日久生情。

少女少男们期望一见钟情，那样更烂漫，更突如其来，更匪夷所思。文学艺术家们也比较喜欢一见钟情，那样人物集中故事紧凑，冲突剧烈矛盾尖锐。比如一对男女谈了十年的恋爱才订下终身，这十年当中，男人没有出过一次差，女人没有生过一次病，双方的父母也都认为他们是天造地设的一对，一齐投赞成票。你说这个爱情美满不美满呢？大家一定觉得很美满，可这个故事就没法写了，写了也没人看了。因为艺术的规律是"文似看山不喜平"，你得一波三折而不能一马平川。

青年人获取婚恋经验，一部分来自父母和周围的长辈。这本是一条很好的途径，可惜在我们的传统中，要么是正襟危坐，把这些知识列为不登大雅之堂的隐秘，要么把民间地下的情色渲染成了代用品，缺少中肯的情爱指导。于是青少年们关于爱情的学习，特别是女孩子，很多来自神话传说和言情故事。文学并不是生活的百科全书，很多时候它是写作者的一厢情愿。所以，关于一见钟情的描写充斥在爱情小说中，常常会使人误以为那是爱情的常态，甚至是唯一的状态。而实际上，一见钟情不过是爱情千姿百态中的一种。

爱情开始的时候，我们的体内发生了怎样的化学变化，这是科学家们至今尚未得出答案的谜题。爱情可以从任何时间的任何地方开始，也可以在任何地方的任何时间结束。你很难说哪一种方式最好，就像我们至今无法认定哪一种花草是地球上最美的生物一样。放眼人海，你更是可以看到不同开端的爱情和婚姻，都有成功的金婚银婚和失败的"塑料婚""一次性筷子婚"（这两个词是我发明的，表示短暂和垃圾之意。乱造词语，请原谅）。比如父母之命媒妁之言的包办婚姻，那结局有跳井上吊的，也有白头偕老的。比如花前月下青梅竹马的情投意合，结局有红杏出墙的也有风雨与共的。

现在我们回到困扰主人公的关键问题上来。你相信世界上有一见钟情这种爱情方式吗？

我是又相信又不相信。为什么这样说呢？你要说没有吧，我曾亲耳听到若干青年男女描述他或她一见钟情时的感受。在某一特定的时刻，看到某一特定的异性怦然心动，异样感受像飓风一样袭来。心跳加速，口舌发紧，周围的空气不再被吸入肺里，而是变成了一种滚烫的喷香米酒，流溢在唇齿之间，让人心旌摇动，进入微醺的状态，眼睛好像吃多了深海鱼油一样闪闪发亮，嘴唇变得鲜红欲滴……

这种状态是确实存在的，有些人就此沉入爱的海洋不能自拔。其中有些人一生美满，有些人在结婚后再也找不到神奇的触电的感觉了。绚烂归于平淡之后，两人开始冷战，甚至导致了家庭暴力，最后不得不黯然分手。

对于这个复杂的转折，心理学家给出了自己的解释。其实，世界上完全丧失前兆的一见钟情是没有的。人们对于自己伴侣的设计，有着奥妙的先入为主的迹象。它不但存在于我们的理智当中，也潜伏在我们不曾察觉的潜意识当中。也许你从来没有在纸上列出过你对这个问题的标准答案，但这并不证明你是彻头彻尾的一张白纸，并不等于你对与什么样的人共度一生，完全没有过自己独特的思考和认真的设计。也许从父母的言传身教中，也许从邻里的街谈巷议中，也许从社会的规范评说中，也许从文学作品的潜移默化中……总之，纯粹的爱情白纸是没有的，在看似空无一物的卷宗中，其实有铅笔用虚线打下的草稿。在某个特定的时辰，某一个特定的形象恰好嵌入了这个无形的标准之中，一见钟情就以迅雷不及掩耳之势把它变成了工笔重彩描绘的现实。所谓的一见钟情，不过是按图索骥。因为我不知道萧箐的身世和家庭背景，所以这里就无法做更深的探索了。

我还想谈谈嗅觉的意义。我是医生出身，对人的生理如何微妙地影响了人的心理很有感触。在萧箐的故事里，嗅觉起了非常重要的作用，她是被气味所吸引，然后坠入爱河的。据科学家研究，主管嗅觉的脑细胞是十分古老的，动物们就是凭着独特的气味来分辨对方是同类还是敌人，当然，也包括择偶。在我们每个人的双眼之间、头骨内部与脑底结构中，生长着五百万个以上的嗅觉细胞。这些细胞和脑部正中央的下丘脑紧密联系。而下丘脑控制着人的恐惧和悲欢等种种情感，当然了，它也支配着情欲。因此，味道有时会在不知不觉中强烈地扰动着我们关于爱情的判断。

爱情当然不仅仅是生理层面的变化，但当一见钟情这种非常类似化学反应的情况发生的时候，我们要有更理智的了解和把握，这样才会对我们的幸福更有帮助。

我有一个大胆的猜测，其实女人们涂抹香水，是为了减少一见钟情的机会，让自己和对方有更平稳的心态来做出选择。因为浓郁的香水遮盖了原本属于个人的气味，机器化大生产的千篇一律的香水让骚动沉静下来，个人就不会被某种特殊的体味撩动得忘情。

飘扬的长发与人生的幸福

恋爱、婚姻是一个寻找对方更是寻找自己的过程。你整个价值观和思想体系，都在这种亲密无间的关系中得以延伸和凸现。

接到一封读者来信，是一个名牌大学的男生写来的。他说恋爱连战累挫，女友抛弃了他，他很痛苦，简直丧失了活下去的勇气。他问我拯救自己的方式是否是马上进入下一场恋爱。他以前的每一任女友都有飘逸的长发，都是一见钟情。他说："我还要找一头长发的女孩，还要一见钟情。"

一般的读者来信，我是不回的。但这一封，让我沉吟。他谈到了一个我不能同意的救赎自我的方法，我想对长发谈点看法，因为长发对他成了一种绝望与新生的象征。

早年间，我看到很多女孩留长发，司空见惯了，也不去寻找这背后所包含的信息。后来，我偶然发现一位已婚女友的发式常有变化，有时是长发，有时是短发。刚开始我以为这是她出于美观或是时尚的考虑，后来她告诉我这和她的婚姻状况有关。如果这一阶段与她的丈夫关系不错，她就留短发；如果关系很僵，她就留长发。我说："哦，我明白了，头发和爱情密切相关。"她笑话我说："亏你还是个作家呢，难道不知头发是人的第三性征？"

后来，我见到她稳定地梳起了马尾。说实话，那一头飘扬的长发（她的头发不错）和她满脸的皱纹实在是有些不相宜。好在我明白了头发的意义，对她说："你是下定了离婚的决心，要寻找新的伴侣了。"

她有些惊奇，说："我还没来得及告诉你，你怎么就知道了？"

我说："是你的头发出卖了你。"她抚摸着头发说："这是爱情的护照。"

从那以后，我就渐渐地对长发留意起来。

女性头发的样式表示她的婚姻状况，这是一种集体无意识，已经深深地刻在我们的骨骼上了。女孩子为什么要留长发？首先是因为一个人的头发是一个很好的"晴雨表"，可以反映这个人的健康状况。中医学称"发为血之余"。一个人的头发是否健康，暗示着他的血脉是否丰沛充盈，生命力是否蓬勃旺盛。服饰可以更换，颜面可以化妆，但一个人的头发，是不能完全改变的。血自骨髓来，骨髓是一个人先天后天的精华之府。骨髓的后面是肾，"肾主骨生髓"，这才是关键所在。众所周知，在东方人的文化中，"肾"并不仅仅是一个泌尿器官，还和人的生殖系统有着极为密切的关系。

好了，现在我们已经触及了问题的核心。长发在某种意义上，表达的是这个人肾的健康状况，也就是间接地反映着他的生殖潜能。当你以为自己只是在展示飘扬的长发的时候，你其实是在暴露你的健康情况。

所以，一般说来，未婚的和期望求偶的女子，爱留长发。如果一个未婚女孩留个短发，大家就会说她像个假小子。女子在结婚的时候，会在头发上来一个改变，正如那首著名的歌曲中唱到的："谁把你的长发盘起，谁给你做的嫁衣？"

如今，人们对女子头发的要求，是越来越苛刻了。君不见某些品牌的洗发水广告，拍出的长发美女，那头发的长度已经到了一挂黑瀑的险恶境地。画面曲折表达的意思是：你想赢得性感高分吗？请向我看齐。潇洒到形销骨立的刘德华干脆说："我的梦中情人，一定要有一头乌黑亮丽的长发。"潜台词是：你想成为著名歌星的梦中情人吗？此处有一个绝好的机会——请用我们这个牌子的洗发水吧！

这种要求渐渐全方位起来。比如当年男性组合"F4"的走红，除了其他因素，我觉得还和他们的一头长发有相当大的关系。不单男性需要知道女性的健康和性征，女性也有同样的要求。女性潜在的平等诉求被察觉和被满足，于是蓬松长发的

"F4"一炮而红。

不厌其烦地就头发讨论了半天，我是想说明"性"这个因素是仅次于"食"的人类基本本能之一，它的影响力不可低估。它在很多时候，涌入到我们生活的种种缝隙中，以"缘分"甚至是"思想"这类面孔闪亮登场。

再来说说一见钟情。我是医生出身，见过若干关于"一见钟情"的生物学分析。在那些神话般的境遇之中，很可能是男女双方的体味在相互吸引，要么就是基因的配型有着某种契合，还有免疫互补，甚至，童年经验也在润物细无声地影响着我们。不要把"一见钟情"说得那么神秘，那么不可思议。我们不是生活在真空中，很多看似虚无缥缈的事件背后，有着我们今天还不能彻底通晓的物质基础。

在我们以为是"天作之合"的帷幕下，有时埋伏着的不过是人的本能这个"老狐狸"。我在这里绝没有鄙薄本能的意思，但作为主人，知道有乔装打扮的"本能先生"混在客人堆里一个劲地劝酒，觥筹交错时就要提防酩酊大醉，以防完全丧失了理智，被本能夺了嫡。

本能这个东西，很有意思，魔力就在于我们能否察觉它。它习惯在暗中出没，魔法无边。我们被它辖制而不自知，它就是君临天下的主宰。但是，如果把它揪到光天化日之下，它就像雪人融化一样瘫软乏力。假设那位来信的男生，知道了他期望找到一位长发女友这一先入为主的标准不过是为了检验一个女子的生殖系统潜能和最近一段时间以来的健康状况，那么，他在考虑长发因素的时候，可能就有了更多的角度和更宽容的认识。

本能是很会乔装打扮的，它不狡猾，但它善变。能够识出它的种种变相，不仅要凭一己的经验，也要借助他人的心得和科学的研究。

如果有人现在对那个男孩子讲，你选择女友的标准只是看她如何性感，我猜他一定要反驳，说："我根本就不是那样浅薄，我们情投意合，我们非常默契，我要找到的就是和她在一起的这份独特的感觉……"

其实在婚姻这件事上，绝对的好或是绝对的坏，大约是没有或是极少的，有的只是常态，只是平衡，只是相宜。单凭某个孤立的条件来寻找爱人，只怕是不够成熟的表现。你是一个什么人，你可要先认清，才好去寻找一个和你相宜的人。我很喜欢一个词，叫作"志同道合"，人们常常以为这句话是指事业，我觉得写给婚姻更妙。

有的年轻朋友会说，我找的是伴侣，练就一双火眼金睛，把对方认清不就得了，干吗先要从自己开刀？

理由很简单。忠诚的人只能欣赏忠诚，而不能欣赏背叛。诚恳的人只能接纳诚恳，而不能接纳谎言。慷慨的人可以忍受一时的小气，却不会喜欢长久的吝啬。怯懦的人可以伪装暂时的勇气，却无法在无尽的折磨中从容。想用婚姻改造人，只是一个幻彩的泡沫，真实情况只能是——人必然改造婚姻。

恋爱与婚姻是一个寻找对方更是寻找自己的过程。你整个价值观和思想体系，都在这种亲密无间的关系中得以延伸和凸现。

如果你把金钱当作人生的要素，你就不要寻找一个侠肝义胆的爱人。因为你即使在危难中曾受惠于他，那也只是他的禀性，而非对你的赞同。当有一天你祭起"金钱至上"的大旗，无论你怎样千娇百媚，还是挽不回壮士出走的决心。

如果你荆钗布裙、安于寡淡，就不要寻找一个鸿鹄千里的爱人。即使你以非凡的预见知道他会直抵云天，也不要向这预见屈服，把自己的一生押了出去。否则他的翅膀上坠着你，他无法自在遨游，你也会被稀薄的空气掠得胆战心惊。

如果你单纯以色相示人，就要准备在人老色衰的时候被厌恶和抛弃。如果你喜欢夸夸其谈，就等着被欺骗的结局。

物以类聚，人以群分。失恋男生喜欢长发和一见钟情，他就不断地被这些吸引。他把恋爱当成了一道算术题，当一个答案打上红叉的时候，他赶忙用橡皮擦掉笔迹，在毛糙的纸上写下另一个答案，殊不知他早已将题目抄错。

不要把长发当成唯一，"一见钟情"也没有什么神秘。我手头就有若干个例子，某些离散的婚姻，往往始于绚烂无比的开端。比起开头，人们更重视过程和结尾，这就是"创业难，守业更难"的原因，这就是"行百里者半九十"的含义。

我在一个有鸟鸣的清晨给这个男生回信，因为我已心境沧桑，而对方是一个青年，人在清晨的时候心脉比较年轻。我说："不要把人生匆匆结束，不要把恋爱匆匆开始。你把一件事做完再做另一件事好吗？"

他很快给我回了信。他说："不是我没有做完，而是事情已经被女友提前结束。"我复信说："为了你一生的幸福，你要把爱的前提好好掂量，为此花费一点时间是值得的。没想清楚之前，旧爱就不算真正结束。我明白你想用新鲜替代腐烂，想把新发丝粘在旧发丝上让它随风飘扬。可你见过馊了的牛奶吗？如果你不把馊了的牛奶倒掉，不把罐子刷洗干净，便把新鲜牛奶倒进去，那么，只怕很快我们就又要捂起鼻子了……"

他已经久未来信了。我不知他是生我的气了，还是已酝酿了新的爱情。

一个人可以和自己的血液分离

你要上天堂，请自己登攀。

    其实，天堂和地狱的距离，并不像人们想象的那样大，它一点也不遥远，都在女人的心中。一个人可以让你上天堂，一个人也可以让你下地狱。

    看了这句话，很多人会想到是别人让自己上了天堂或是下了地狱，其实，我指的这个人就是你自己。

    很多女人常常觉得是某一个男人让自己幸福或是不幸。表面上看起来，有的时候的确是这样的。同学聚会，你能看到某个女子简直是泡在蜜罐里的杏干，浑身都散发出蜂蜜的香气。可下一次，斗转星移，该女子就成了猪苦胆腌出来的黄连，凄苦得如同败絮。究其原因，都是一个男人的爱与不爱。当你依靠别人的力量登上天堂的时候，就要想到会有风驰电掣般跌下的一天。所以，我看到依偎着的伴侣，就会生出担心。

    你要上天堂，请自己登攀。

我常常想，一个人的生存状态，就这样危如累卵地取决于另外一个人吗？那个人是天堂和地狱间的吸管，能让你像液体一样在这狭小的管道中来回流动吗？是谁给了这根吸管如此大的活力？是谁把你变成了哭哭啼啼的液体？

在感情纠葛中，痴情男女所问的"为什么"特别多，多到让人厌烦。发问者必将寻求答案。这是一句古老的谚语。类似的话，在民间智慧中，屡屡出现。

有一个姑娘面对恋人的分手，痛苦万分。在 QQ 上，恋人对她说："你是我血管中的血液，可我还是要和你分手。"

女孩子对我说："他都说我是他的血液了，可见我是多么重要！我就想不通，一个人怎么能和自己的血液分离呢？那他不就立刻死了吗？！这说明他还是爱我的呀！"

我说："不要相信那些理由。不要追问太多的为什么。有的时候，所有的理由都是借口。你需要接受的只是答案。

"他说得很对，你是他的血液。可你知道，人流出几百毫升血液是不会死的。就是流出了更多的血液，只要能很快地输血，人也是不会死的。真正死亡的是那些流出身体内部的鲜血，它们会干涸，会丧失鲜红的颜色和蓬勃的生命力，成为紫褐色的血痂。"

那个女孩子愣了半天，最后说："哦哦，我不再问为什么了。我从现在开始储备勇气，去迎接那个结果。"

婚姻是一双鞋

婚姻鞋

不论什么鞋，最重要的是合脚；不论什么姻缘，最美妙的是和谐。

婚姻是一双鞋。先有了脚，然后才有了鞋。幼小的时候光着脚在地上走，感受沙的温热、草的润凉，那种无拘无束的洒脱与快乐，一生中会将我们从梦中反复唤醒。

走的路远了，便有了跋涉的痛苦。在炎热的沙漠被炙得像鸵鸟一般奔跑，在深陷的沼泽被水蛭蜇出肿痛……

人生是一条无涯的路，于是人们创造了鞋。

穿鞋是为了赶路，但路上的千难万险，有时尚不如鞋中的一粒沙更令人感到难言的苦痛。鞋，就成了文明人类祖祖辈辈流传的话题。

鞋可由各式各样的原料制成。最简陋的是一片新鲜的芭蕉叶，最昂贵的是仙女留给灰姑娘的水晶鞋。

不论什么鞋，最重要的是合脚；不论什么姻缘，最美妙的是和谐。切莫只贪图鞋的华贵，而委屈了自己的脚。别人看到的是鞋，自己感受到的是脚。脚比鞋重要，这是一条真理，许许多多的人却常常忘记。

我做过许多年医生，常给年轻的女孩子包脚，锋利的鞋帮将她们的脚踝砍得鲜血淋漓。粘上雪白的纱布，套好光洁的丝袜，她们袅袅地走了。但我知道，当翩翩起舞之时，也许会有人冷不防地抽抽嘴角，因为她的鞋。

看过祖母的鞋，没有看过祖母的脚。她从不让我们看，好像那是一件秽物。脚驮着我们站立行走。脚是无辜的，脚是功臣。丑恶的是那鞋，那是一副刑具，一套铸造畸形残害天性的模型。

每当我看到包办而蒙昧的婚姻，就想到祖母的三寸金莲。

幼时我有一双美丽的红皮鞋，但鞋窝里潜伏着一只夹脚趾的虫。每当我不愿穿红皮鞋时，大人们总把手伸进去胡乱一探，然后说："多么好的鞋，快穿上吧！"为了不穿这双鞋，我进行了一个孩子所能爆发的最激烈的反抗。我始终不明白：一双鞋好不好，为什么不是穿鞋的人具有最终决定权？！

同样，旁的人不要说三道四，假如你没有经历过那种婚姻。

滑冰要穿冰鞋，雪地要着雪靴，下雨要有雨鞋，旅游要有旅游鞋。大千世界，有无数种可供我们挑选的鞋，脚却只有一双。朋友，你可要慎重！

　　少时参加运动会，临赛前一天，老师突然给我提来一双橘红色的带钉跑鞋，祝愿我在田径比赛中如虎添翼。我脱下平日训练的白网球鞋，穿上像橘皮一样柔软的跑鞋，心中的自信突然溜掉了。鞋钉将跑道扎出一溜齿痕，我觉得自己的脚被人换成了蹄子。我说我不穿跑鞋，所有的人都说我太傻。发令枪响了，我穿着跑鞋跑完全程。当我习惯性地挺起前胸去撞冲刺线的时候，那根线早已像绶带似的悬挂在别人的胸前。

　　橘红色的跑鞋无罪，该负责任的是那些劝说我的人。世上有很多很好的鞋，但要看适不适合你的脚。在这里，所有的经验之谈都无济于事，你只需在半夜时分，倾听你自己脚的感觉。

　　看到一位赤脚参加世界田径大赛的南非女子的风采，我会心一笑：没有鞋也一样能破世界纪录！脚会长，鞋却不变，于是鞋与脚，就成为一对永恒的矛盾。鞋与脚的力量，究竟谁的更大些？我想是脚。只见有磨穿了的鞋，没有磨薄了的脚。鞋要束缚脚的时候，脚趾就把鞋面挑开一个洞，到外面凉快去。

　　脚终有不长的时候，那就是我们开始成熟的年龄。认真地选择一种适合自己的鞋吧！一只脚是男人，一只脚是女人，鞋把他们联结为相似而又绝不相同的一双。从此，世人在人生的旅途上，看到的就不再是脚印，而是鞋印了。

削足适履是一种愚人的残酷，郑人买履是一种智者的迂腐。步履维艰时，鞋与脚要精诚团结；平步青云时，切不要将鞋儿抛弃……

当然，脚比鞋贵重。当鞋确实伤害了脚时，我们不妨赤脚赶路！

家中的气节

分歧时，不必拍案而起。争执起，义正辞可不严。有失误，莫要声色俱厉。灾临头，携手共赴家难。如果一定要有家中气节，我想这几条该在其中。

我想说，家中无气节。这话，肯定不堪一击。中国人饿死事小，失节事大，哪里敢辱没气节的丰姿呢？但我指的只是家中的琐碎，不过借用一下此词的英名。

世上举案齐眉的家庭一定是有的，我们不能以我等瓢勺相碰的日子，就揣测人家的和睦是虚伪。但也一定不多，因为矛盾的普遍性制约着我们。

大多数家庭都时常爆发争执，像界碑不清的小国边境冲突不断一样。要是演变成正式宣战，干脆离婚罢了，也不在我们讨论的范畴之内。那些先是苦恋苦爱，既争执不断又处于冷战状态的家庭，似有讨论气节的余地。

有多少原则问题呢？真正的国计民生，大概并不构成分岐的核心。甚至在家庭的大政方针上，比如，孩子要上大学，父母要延年益寿，工作要努力，住房要增加，双方也是高度和谐统一的。问题往往出在一些很小的分工或是态度的优劣上，比如：你是做饭还是洗衣，你为什么不和颜悦色而是颐指气使……有时，简直就不知是为了什么，双方把外界的怒气直接打包带回家，单刀直入地进入了对峙阶段。除了不扔原子弹，家庭阴冷的气氛同大战无异。

为了对付这种莫名其妙的僵持，时新杂志上登出了许多驭夫或是驭妻的"诀窍"，教你如何化干戈为玉帛。这些供人莞尔一笑的小诀窍，不知灵不灵。我看其中的死结，就是如何对待家中的气节。

家是什么呢？是一对男女永不毕业的大学，是适宜孩子居住的圣殿，是灵魂的广阔海滩，精神的太阳浴场。我们在尘世奔波、会见他人时敷的种种面膜，需在家中清洗复原。意志的疲软顿挫，需在亲情中柔软着陆。人们以为家中的人多温柔和蔼，真是错了。在涡轮般旋转的今天，家中的人也许比街市的人更脆弱、更敏感、更易冲动激惹。

常常听到因小事争吵的女人说，我从此不理丈夫，等他来同我说第一句话。男人就更是不肯低下高昂的头，好像家是宁死不屈的刑场。

冷漠后恢复交谈的第一句话真是那么重要吗？重于我们

曾经有过的一生一世的寻找？第二句话真就那么卑下吗？低贱到后发制人，丧失了品格的尊严？第三句话真就那么平淡吗？淡到如同抛弃我们以前拥有过的万语千言？

什么是家中的气节？既然我们相爱，爱就是我们共同的气节。你的失态，在我看来，是你的思绪溃败了。在这个瞬间，我是你的强者。原谅、宽恕、包容和鼓励，就是家庭永远常青的气节。

有些人以沉默对待冷漠，消极地把缰绳交给时间。时间通常是一个中性的调解员，会使人们渐渐恢复冷静。但孤寂中只顾自家意气的男女不要忘了，时间也会跟我们开居心叵测的玩笑呢。当你缄默着不肯谅解时，家的瓶颈便会出现第一道裂纹。继续对抗下去，锤子无情地敲击着婚姻之瓶，随着时间的叠加，瓶子也许訇然破碎。

太看重一己气节，其实是一种枯燥的自卑。你以为在亲人面前争得了面子，失去的却是尊重与宽容。片刻的满足带来长久的隐患，聪明的男人和女人，万别因小失大。

分歧时，不必拍案而起。争执起，义正辞可不严。有失误，莫要声色俱厉。灾临头，携手共赴家难。如果一定要有家中气节，我想这几条该在其中。

界限的定律

为你的心理定一个安全的界限吧，也许是1.7寸①也许是2.7尺②。人和人不一样，不必攀比。在这个界限里，睡着你的秘密，醒着你的自由。

记得当年学医时，一天，药理学教授讲起某种新抗菌药的机理，说它的作用是使细菌壁的代谢发生障碍，细菌因此凋亡。菌壁消失了，想想，多吓人的事情。好似兽皮没了，骨和肉融成一锅粥，破破烂烂、黏黏糊糊，自身已不保，当然谈不到再妨害他人。可见，外壳，也就是界限，是非常重要的。如果丧失了界限，那么，这种生物的生存和发展也就处于极大的危机中了。

教授讲的是低等生物，高等生物又何尝不是如此。界限这种东西，是古老和神奇的。动物会用气味笼罩自己的势力范

① 1寸约合3.33厘米。——编者注
② 1尺约合0.33米。——编者注

围。没有现成的界桩，它们就会用自己的尿标出领地。界限也是富有权威和统治力的。国与国之间如果界限不清，就孕育着战争。人与人之间如果界限不清，就潜藏着冲突。账目不清，是会计的过失；扯皮推诿，是官员的渎职。清晰的界限，象征着健康和尊严。什么叫一个新生命的诞生？就是从融合中分离，在混沌中撕裂出一个完全独立的个体，建起崭新的界限体系。人与人的界限如果消失了，那么人的特立独行和思索也同时丧失了，随之而来的是精神的麻木和思维的蒙昧。

外壳之外，是彼此间的距离。在欧美的礼仪书里，特别注明人与人之间的最小社交安全距离是17英寸①。这个标准，也要入境随俗。比如咱们的公共汽车，正值上下班高峰，小伙的前胸贴着姑娘的后背，别说17英寸，就连1.7英寸也保证不了。只有见怪不惊、理解万岁。可见界限这个东西，是有弹性的。

身体需要界限，心理何尝不是如此，特别是夫妻。无论何时，都不可消融自我的界限。无论怎样情投意合，终是不同的个体，不可能完全一致。如果真是完全一致了，天天和一个镜子里的自我如影随形，岂不烦死。

界限有一个奇怪的定律——拉近的时候很容易，分开的时

---

① 1英寸约合2.54厘米。——编者注

候很艰难。倘若你能灵活地把握一个度，在这个区域里，如鱼得水，那么，你和对方都是惬意和自由的。假如你轻率地采取了不断缩小距离的举动，那么用不了多久，双方不可扼制地融为一体。之后，在短暂的极度的快意之后，无所不在的矛盾一定披着黑袍子，敲响门窗紧闭的爱情小屋。界限复活了，如同蔓草在各个角落疯长，分裂的纹路穿插迂回，顽强地伸直自己的触角。球队结束了休息，下半场比赛的口哨重新吹响。物极必反说的就是这个道理，不管你记不记得它，它可忘不了你。界限一旦破坏了，恰似古代的丝裙，修补起来格外困难，需极细的丝线，极好的耐心，极长的时间。

人是感伤和怀旧的动物。人们较能接受迅速拉近的距离，却无法忍耐在一度的亲密无间之后，渐行渐远。我们通常会痛楚狭隘地把这种分离，理解为爱恋的稀薄和情感的危机。所以，当你飞速消弭彼此界限的时候，已把易燃易爆的危险品，裹挟进了情感列车。

为你的心理定一个安全的界限吧，也许是 1.7 寸也许是 2.7 尺。人和人不一样，不必攀比。在这个界限里，睡着你的秘密，醒着你的自由。它的篱笆结实而疏朗，有清风徐徐穿过。在修筑你的界限的同时，也深刻地尊重你的伴侣的界限。两座花坛在太阳下开放着不同的花朵，花香在空气中汇为一体。不要把土壤连在一起，不要一时兴起拔出你的界桩，甚至不要尝试，每一次尝试都会付出代价。不要以为零距离才是极致，它更像一个开放罂粟的井口。如果你一时把持不住自己，想想药理学教授的话吧。我猜你一定不愿你的婚姻成为一摊融化的细菌。

沙尘暴里也有鱼子

让我们的婚姻腐败变质的种子，无处不存在。

很多人衣橱里的婚纱还熠熠生辉，婚姻已被蠹出千疮百孔。到底是哪里出了差错？情感的寄生虫为什么会生长？可否有婚姻的樟脑丸，能让我们保持关系的整洁与清新？

我听过一个来自农村的朋友，讲过一个故事。他说家乡有一片黄土地，在一次暴雨成灾之后，就变成了水塘。第二年，水里长出了鱼。他咬牙跺脚地说，从来没有任何一个人往池塘里撒过鱼苗，那里离海洋和其他的鱼塘也非常遥远，绝不会有什么鱼子能跋山涉水地找到这里安家落户。真是怪了，这些鱼子是从哪里来的呢？他啧啧称奇。

我当然没有法子为他提供答案，我对鱼的了解，只限于在超市和自由市场看到它们。不过，我记住了这个疑问，一次看到一位渔业专家，赶忙上前请教。

他很平静地说："在黄土里，就有鱼的种子。"

我说："那些干燥的黄土只能变成沙尘暴。"

渔业专家说："这不妨碍鱼的种子藏在里面。沙尘暴里也有鱼子，等到适宜的时候，就变成一条鱼。"

我说："这么说，在我们周围，到处都有鱼的种子？桌子上？地板上？"

专家说："理论上，可以这么讲吧。"

所以，让我们的婚姻腐败变质的种子，无处不存在。防不胜防，堵不胜堵。所以，你不必奇怪蛀虫从哪里而来，所有的土地中，都有鱼的种子，自然，也都有蛀虫的种子。

要知道爱如蚕丝般光滑圆润，微凉易断。经常把你的婚纱拿出来晾晒。经常和你的伴侣保持亲密无间的接触。这就像让高原永远干燥一样，鱼就没有法子摆动双鳍。

去学女儿拳

男人若凌驾于女人之上，没有平等，没有仁爱，暴力就随之滋长，疯狂蔓延。

家庭暴力的"暴"字，不知古文字学怎样讲，我从字形上，总是联想到男人对女人的凶恶。上书一个"日"字，为阳中至盛。下面一个"水"字，属阴中至柔。男人若凌驾于女人之上，没有平等，没有仁爱，暴力就随之滋长，疯狂蔓延。

我认识一位贤惠的女人，只因一点小事，就被丈夫打得鼻青脸肿。那汉子一米八的个头，会使漂亮的左勾拳，呼呼生风，蒜钵大的拳头打在女人侧腰部，伤了肾，血尿持续了很久。

她让我帮忙拿个主意，我说："离婚离婚！"她说："孩子呢？"我说："看着父亲施暴，母亲受欺侮，孩子的心灵就正常吗？"关于孩子问题，我们反复商量，总算达成共识，完整并不是在一切情况下都是最好的，真理比父亲更重要。

为了搞清楚离婚这件事，女人自学了法律专业的课程。由于带着问题学，毕业的时候，她不但成绩优异，在《婚姻法》^①方面，简直就是专家了。我再也没资格提什么建议或意见，女人已洞若观火。

艰难的问题是房子，远比孩子复杂得多。单位不会给女人栖身之所，只能从现有的房子中分割一屋。一想到要是离了婚，仍和那样的男人共居一方走廊，共进一间厨房，共使一个厕所，共用一把大门的钥匙，女人就不寒而栗。

日子就这么一日日熬着，一月月拖着。我问："他还打你吗？"女人长叹一口气："你知道杀人的人，一看见别人露出的脖子，手就发痒。打人也像杀人一样，有个戒。开了戒，就上了瘾，他经常用左拳在空气中挥出一道道风……"

我看着她，说不出话。许久，我说："我能帮你的，就是家门永远向你敞开。无论半夜还是黎明，你随时都可以进来。"

她说："我最怕的不是跑出家门之后，而是在家门里面。打的时候，我恐惧极了。蜷成一团挨打，除了刚开始，感觉不到疼。只是想，我就要被打死。大脑很快就麻木了，只记得抱头，因为我不能被打傻，那样，谁给我的孩子做饭呢？"

①　本文写于 2021 年 1 月 1 日《中华人民共和国民法典》施行前，之后《婚姻法》已被整合进其中，而非作为独立的法律存在。——编者注

我说："你这时赶快说点顺从的话给他听，好汉不吃眼前亏。抽冷子抓紧时间往外跑，大声地喊'救命啊'！"

她说："你没有挨过打，你不知道，在那种形势下，无论女人说什么，男人都会越打越起劲，打人打疯了，根本不把女人当人。"

凶残的家庭暴力！

我以为家庭暴力最卑劣最残酷的特征是，在家庭内部，赤裸裸地完全凭借体力上的优势，人性泯灭，野性膨胀，肆意倚强欺弱，野蛮血腥地践踏他人的权利。或者说，暴力的施行者，根本就没有进化到文明人类，是两脚之兽。

由于妇女和儿童在体力上的弱势，他们常常是家庭暴力最广泛最惨重的受害者。

朋友还在度日如年地过着，我不知道怎样帮她。一天，我突然在报上看到一条招生广告，新开的武术班，教授自由散打、擒拿格斗，还有拳理拳经十八般武艺……

我马上拿起了电话，既然离婚后没有房子可住，既然没有庇护所栖身，既然生命被人威胁，既然权利横遭践踏，女人就应该学会自卫，让我们去学女儿拳！当暴力降临的时候，我们可以为自己赢得宝贵的时间，以求正义和法律的保护。

让女人丑陋的最根本原因

你可以愤怒，然后采取行动；你也可以懊悔，然后改善自我。但是请你放弃怨恨和内疚，它们除了让女性丑陋，就是带来疾病。

对一个女性最有害的东西，就是怨恨和内疚。前者让我们把恶毒的能量对准他人；后者则是掉转枪口，把这种负面的情绪对准自身。你可以愤怒，然后采取行动；你也可以懊悔，然后改善自我。但是请你放弃怨恨和内疚，它们除了让女性丑陋，就是带来疾病。

我有一个面目清秀的女友，多年没见，再相见时，吓了我一跳。一时间张口结舌，不知说什么好。她倒很平静，说："我变老了，是吧？"我嗫嚅着说："我也老了。咱们都老了，岁月不饶人嘛！"她苦笑了一下说："我不仅是变老了，更重要的是变丑了，对吧？"

在这样有着犀利洞见的女子面前，你无法掩饰。我说：

"好像也不是丑，只是你和原来不一样了，就像换了一个人似的，整个面目都不同了。"

她说："你不知道我的婚姻很不幸吗？"

我说："知道一点。"

她说："我告诉你一件事，一个不幸福的女人是挂相的。我们常常说，某女人一脸苦相。其实，你到小姑娘那里看看，并没有多少女孩子是这种相貌。女子年轻的时候，基本上都是天真烂漫的。但是你去看中年妇女，就能看出幸福和不幸福两大阵营。"

我说："生活是可以雕塑一个人的相貌的，这我知道。但是，好像也没有你说的这样绝对吧？"

她坚持道："是这样的，不信你以后多留意。到了老年妇女那里，差异就更大了。基本上就分为两类：一种是慈祥的，一种是狰恶的。我就是属于狰恶的那一种。"

我不知如何接茬，避重就轻地说："不过，我们在照片上看到的老年人，都是慈祥的。"

她说："对啊。那些不慈祥的，根本活不了太久。比如我，很可能早早就告别人世。"

话说到这份上，我只好不再躲避。我说："那么你怎样看待自己的相貌变化？"

她说："我之所以同你讲得这样肯定，就是我从自己身上得出的结论。因为我的婚姻不幸福，我又没有法子离婚，所以一直在怨恨和后悔中生活、煎熬着。对着镜子，我一天天地发现自己变得尖刻和狞厉起来。当然，这不是一天发生的，别人看不出来，但我自己能够看出来。我用从自己身上得到的经验去看别人，竟是百分之百准确……"

我看着她，说不出话来。在这样透彻冷静的智慧面前，你只能沉默。

每当我想起她来，心中都漾过竹签扎进甲床般的痛。她所具有的智慧，是一种洞若观火、入木三分的聪明，犹如冰河中的一缕红绳，鲜艳地冻结在那里，却无法捆绑住任何东西。

我愿意把她的心得转述在这里。女人会不会因为心理不健康而变丑，我不敢打包票。但因为心理不健康而导致身体上的病患，却是千真万确的。

为了不得病，为了不变丑，人们只有更多地让爱意充满心扉。

成千上万的丈夫

我依然相信世界上存在唯一，这种概率，如同玉石，并不能因为我们自己不曾拥有，就否认它的宝贵。

有成千上万的男人，可以成为我们的丈夫。

这句话，从一位当律师的女友嘴中一字一顿地吐出时，坐在对面的我，几乎从椅子上滑到地上。

别那么大惊小怪的，这话也可以反过来对男人说，有成千上万的女人，可以成为你们的妻子。你知道我不是指人尽可夫的意思，教养和职业，都使我不会说出这类傻话，我是针对文学家常常在作品中鼓吹的那种"唯一"，才这样标新立异。女友接着侃侃而谈。

没有唯一，唯一是骗人的，你往周围看看，什么是唯一？太阳吗？宇宙有无数个太阳，比它大的、比它亮的，恒河沙数。钻石吗？也许有一天我们会飞到一颗由钻石组成的星球，连旱冰场都是用钻石铺成的。那种清澈透明的石块，原子结构很简单，更容易复制了。指纹吗？指纹可能也有相同的，虽说从理论上讲，几十亿上百亿人当中才有这种可能性，好在我们找丈夫不是找罪犯，不必如此精确。世上的很多事情，过度精确，未必有好处，伴侣基本是一个模糊的数学问题，该马虎的时候一定要马虎。

有一句名言很害人，叫作"每一片绿叶都不相同"。我相信在科学家的电子显微镜下，叶子间会有天差地别，但在一般人眼中，它们的确很相似。非要把基本相同的事物看得不相同，是神经过敏故弄玄虚。在森林里，如果带上显微镜片，去看高大的乔木，除了满眼惨绿，头晕目眩，无法掌握树林的全貌，只得无功而返，也许还会迷失方向，连回家的路都找不到。

婚姻是一般人的普通问题，不要人为地把它搞复杂。合适做你丈夫的人，绝非前无古人、后无来者的异数。就像我们是早已存在的普通人，那些普通的男人，也已安稳地在地球上生活很多年了。我们不单单是一个人，更是一种类型，就像喜欢吃饺子的人，多半也热爱包子和馅饼。大豆和蓖麻是好朋友，玫瑰和百合种在一处，每处都花朵繁茂，枝叶青翠。但甘蓝和芹菜相克，彼此势不两立，丁香和水仙更是水火不相容，郁金香干脆会置勿忘草于死地……如果你是玫瑰，只要清醒地、坚定地寻找到百合种属中的一朵，你就基本获得了幸福。

当然了，某一类人的绝对数目虽然不少，但地球很大，人又都在走来走去，我们要在特定的时间遇到特定的适宜伴侣，也并不是太乐观的事。

相信唯一，你就注定在茫茫人海中东跌西撞寻寻觅觅，如同一叶扁舟想捕获一条不知道潜在何处的鳟鱼，等待你的是无数焦渴的黎明和失眠的月夜。

抱着拥有唯一的愿望不放，女人常常生出组装男友和丈夫的念头。相貌是非常重要的筹码，自然名列前茅，再加上这一个学历高，那一个家庭好，另一个脾气温柔，还有一个事业有成……女人恨不能将男人分解，剁下各自最优异的部分，由自己的纤纤素手将以上零件黏合成一个完美的新男人。那该是多么美妙！

只可惜宇宙浩茫，到哪里寻找这胶水！

这种表面美好的幻想的核心，是一团虚妄的灰雾。婚姻中自然天成的唯一佳侣，几乎是不存在的。许多在婚礼上，我们以为天造地设的婚姻，夭折得如同闪电。真正的金婚银婚，多是历久弥新的磨合与默契。

女人不要把一生的幸福寄托在婚前对男性千锤百炼的挑拣中，以为选择就是一切，对了就万事大吉，错了就一败涂地。选择只是一次决定的机会，当然对了比错了好。但正确的选择只是良好的开端，即使航向对头，我们依然会遭遇风暴，或者淡水没了、船橹漂走、风帆折了……种种危难如同暗礁，潜伏在航道中，随时可能颠覆小船。选择错了，不过是输了第一局，开局不利，当然令人懊恼。然而赛季还长，你可整装待发，长远来看，只要赢得最终胜利，终是好棋手。

在我们的人生旅途中，不得不常常进入出售败绩的商场，那里不由分说地把用华丽外衣包装的痛苦强售给我们。这沉重惨痛的包袱，使人沮丧，于是出了店门，很多人动用遗忘之手，以最快的速度把痛苦丢弃了。这是情绪的自我保护，无可厚非，但很可怜，买椟还珠，得不偿失，付出的是生命的金币，收获的只是垃圾。如果我们能够忍受住心灵的煎熬，细致地打开一层层包装，就会在痛苦的核心里找到失败追送的珍贵礼品——千金难买的经验和感悟。

如果执着地相信唯一，在苦苦寻找之后一无所获，或得而复失，懊恼不已，你就拿到了一本储蓄痛苦的零存整取存单，随时都有些进账可以添到收入一栏里记载。当它积攒到一笔相当大的数目时，在某个枯寂的晚上，要是你一股脑地提出来，或许可以置你于死地。

即使非常幸运地与唯一靠得很近，也不可放任自流。唯一不是终身的平安保险单，而是需要养护、需要滋润、需要施肥、需要精心呵护的鲜活生物，没有比婚姻这种小动物更需要维生素的了，既能补充营养，又能用于清洁。就像没有永远的敌人一样，也没有永远的爱人。爱人每一天都随新的太阳一同升起，越是情调丰富的爱情，越是易馊，好比鲜美的肉汤如果不天天烧开，便很快滋生杂菌以致腐败。

不要相信唯一。世上没有唯一的行当，只要勤劳敬业，有千千万万的职业适宜我们经营；世上没有唯一的恩人，只要善待他人，就有温暖的手在危难时接应；世上没有唯一的机遇，只要做好准备，希望就会顽强地闪光；世上没有唯一只能成为你的妻子或丈夫的人，只要有自知之明，找到适宜你的类型，天长日久真诚相爱，就会体验相伴的幸福。

女友讲完了，沉思袅袅地笼罩着我们。

我说，你的很多话让我茅塞顿开，但是……

但是什么呢？直说好了。女友是个爽快人。

我说，是否因为工作和爱人都不是你的唯一，所以你才这般决绝？不管你怎么说，我依然相信世界上存在唯一，这种概率，如同玉石，并不能因为我们自己不曾拥有，就否认它的宝贵。

女友笑了，说，这种概率若是稀少到近乎零的地步，我们何必抓住苦苦不放？世上有多少婚姻的苦难，是因追求缥缈的唯一而发生的啊！对我们普通的男人和女人来说，抵制唯一，也许是通往快乐的小径。

回家去问妈妈

那一天出门的时候

我轻轻地走到屋外，看苍茫的雪花。它们漫无边际地飞舞着，不肯给我一个答案。

那一天出门的时候，我忘记带钱包。作为一个称职的家庭主妇，这种情况，一千天里才会有一天。

那一天出门的时候，天上飘着微雪。丈夫为我煮了两个鸡蛋，又递来一根油条。"祝你考一百分。"他说。我本不饿，为了他那殷殷注视的目光，我大口吞咽，仿佛食物中蕴藏着某种幸运。

那一天，是我作为电大中文专业的学生第一次去参加考试，科目是外国文学。

考场陌生而遥远，冷冰冰的雪粒，像微型子弹，密集地斜打在脸上，令人惆怅。面对灰蒙蒙的天空和步履匆匆的行人，我突然感到一阵凄凉。一个年过三十的女人，已经有了一张医学大专文凭，有了一个舒适的职业和一个温馨的家，在这样一个风雪凄清的早上，慌慌张张地赶路，到底是为了什么？

那一天考完的时候，天空依然下着雪，而且越发紧密，仿佛在织一床白茫茫的苇席，经线分明，纬线迷离。

今天我为考试请了一天假，考完了，心中一片空荡，完全不知道考得怎么样。作为自学生，没有教材，没有同学，没有参考书，也听不到面授辅导。对于我，所有的电大老师都住在一幢淡黄色的小房子里——我的咏梅牌半导体收音机。

不远处有一家新华书店。对书的热爱，驱使我走了进去。

我眼前一亮。一本外国文学的参考书，像宝石一样在暗处发光，仿佛它的封面是用锡箔打成的。这本书我曾到处搜寻，就是买不到。想不到它竟虚伪地躲在这里。

伸手到兜里，才记起忘带钱包。不甘心，便搜肠刮肚地找。终于在月票的夹层里找到了一元钱。

好高兴！刚要买下这本于考试极有用的参考书，我又突然发现另一张柜台上有儿子最喜欢的"阿童木"！

我早就答应要给儿子买这本书，但一直找不到。没想到这个偏远的小书店，书竟这样全！

可惜的是我只有一元钱，只够买一本书。

买大人书还是买小人书？我面临着一个抉择。

我不知道自己考试能否及格。假如不及格，就要补考。假如补考，这本大人书对我就极珍贵。

那么儿子呢？妈妈在业余时间读书，他自然多一份冷落，多一份孤独。我时时歉疚地注意到孩子的寂寞，却无力去弥补。他只想要一本阿童木，一个不难达到的希望，我却一直不曾满足。

我轻轻地走到屋外，看苍茫的雪花。它们漫无边际地飞舞着，不肯给我一个答案。

那一天我回家的时候，带回一本小人书。

仅次于人的动物

熟睡的狼崽鼻子喷出的热气，在夜空中凝成弯曲的白线，渐渐升高……

"仅次于人聪明的动物，是狼。北方的狼。南方的狼什么样，我不知道。不知道的事咱不瞎说，我只知道北方的狼。"一位老猎人，在大兴安岭蜂蜜般黏稠的篝火旁，对我这样说。他还说，猎人是个渐趋消亡的职业，他不再打猎，成了护林员。

我说："不对。最聪明的动物是大猩猩。大猩猩有表情，会使用简单的工具，甚至能在互联网上用特殊的词汇与人交谈。"

"我没见过大猩猩，也不知道互联网是什么东西。我只见过狼。沙漠和森林交界地方的狼最聪明。那是我年轻的时候啦……"老猎人舒展胸膛，好像恢复了当年的神勇。

狼带着小狼过河，怎么办呢？要是只有一只小狼，它会把它叼在嘴里。若有好几只，它不放心一只只带过去，怕它在河里游的时候，留在岸边的子女会出什么事。于是狼就咬死一只动物，把那动物的胃吹足了气，再用牙齿牢牢紧住蒂处，让它胀鼓鼓的好似一只皮筏。它把所有的小狼背负在身上，借着那救生圈的浮力，全家过河。

有一次，我追捕一只带着两只小崽的母狼。它跑得不快，因为小狼脚力不健。我和狼的距离渐渐缩短。狼妈妈转头向一座巨大的沙丘爬去。我很吃惊。通常狼在危急时，会在草木茂盛处兜圈子，借复杂的地形，伺机脱逃。如果爬向沙坡，狼虽然爬得快，好像比人占便宜，但人一旦爬上坡顶，就一览无余，狼就再也跑不了了。

这是一只奇怪的狼，也许它昏了头。我这样想着，一步一滑爬上了高高的沙丘。果然看得很清楚，狼在飞快地逃向远方。我下坡去追，突然发现小狼不见了。当时顾不得多想，拼命追下去。那是我生平见过的跑得最快的一只狼，不知它从哪里来的那么大的力气，像贴着地皮的一只黑箭。直追到太阳下山，才将它击毙，累得我几乎吐了血。

我把狼皮剥下来，挑在枪尖往回走。一边走一边想，真是一只不可思议的狼，它为什么如此犯忌呢？那两只小狼到哪里去了呢？已经快走回家了，我决定再回到那个沙丘看看。快半夜才到，天气冷极了，惨白的月光下，沙丘好似一座银子筑成的坟，毫无动静。我想真是多此一举，那不过是一只傻狼罢了。正打算走，突然看到在一个隐蔽的凹陷处，像白色的烛火一样，悠悠地升起两道青烟。

我跑过去，看到一大堆干骆驼粪，白气正从其中冒出来。我轻轻扒开，看到白天失踪了的两只小狼，正在温暖的驼粪下均匀地喘着气，做着离开妈妈后的第一个好梦。地上有狼尾巴轻轻扫过的痕迹，活干得很巧妙，在白天居然瞒过了我这个老猎人的眼睛。

那只母狼，为了保护它的幼崽，先是用爬坡拖慢了我的速度，赢得了掩藏儿女的时间。又从容地用自己的尾巴抹平痕迹，并用尽全力向相反的方向奔跑，以一死换回孩子的生存。

熟睡的狼崽鼻子喷出的热气，在夜空中凝成弯曲的白线，渐渐升高……

狼多么聪明！人把狼训练得蠢起来，就变成了狗。单个狗绝对打不过单个狼，这就是我想告诉你的。老猎人望着篝火的灰烬说。

后来，我果然在资料上看到，狗的脑容量小于狼。通过训练，让某一动物变蠢，以供人役使，真是一大发明啊！

妈妈的饺子

吃饺子多么地烦琐！它是家庭餐饮业中的豪举，是主妇功课里的长篇小说。

好受不如倒着，好吃不如饺子。

一句俗话。前半句我以为是极准确的，后半截则"英雄"所见不同。世上比饺子好吃的东西多了去了。但父母是正宗的山东人，有一种对饺子的崇拜。如果长久地不吃饺子，哪怕天天山珍海味，也是够可怜的。

包饺子太麻烦。不是所有的菜都可以做馅，只有那些辛辣芳香的才好入选，例如韭菜、茴香。这种菜多叶嫩须长，需要"择"。"择"是很费时间的。掐去黄叶，裁掉老根……单调枯燥的过程把人的耐力磨得所剩无几。未及开始，就已厌倦。当然也有不需"择"的菜。比如扁豆，但要先烫后剁；比如西葫芦，要擦丝拧水……

如今有了绞肉机，肉馅的细碎已不用愁（涮刷刀刃和料桶，也挺伤脑筋），就不去说它了。

然后是和面。因是偶尔为之，软了硬了就没个谱。好在硬了加水，软了搋面，补救起来并不难。直到那面的轮廓较之预定的面积大出几圈，这道工序才告结束。然后给它蒙上一块湿布，等着它"醒"，好像它是一只冬眠的熊。

该往肉馅里打水了。要顺时针方向搅拌，偷工减料可不行。直到手腕子像坠了铅镯子，才算勉强合格。

终于可以包了。

揪面剂子可是个技术活。妈妈总说不能用刀切，有铁锈气。我想不通，平日吃的菜和面条不都要沾铁吗？为什么彼粗放而此细腻？也许由此衬托出饺子的高贵。

通过分工，丈夫管前期备料，我承包后期工程。他揪面剂子的手艺不灵，波动频繁。你说剂子小了，他就扔下来两个大的，你说大了大了，他马上又揪两个极小的……不知是谦虚还是成心捣蛋。在我们不断地反馈调整中，饺子们三世同堂。

丈夫擀皮的技艺也不敢恭维，最大的缺陷是不圆。按剂子的左手拇指过于执着，使面皮的某一局部受力过重。面皮在他递给你的时候，似乎完美无缺。包时稍一抻拽，就像成熟的石榴一般裂开，只不过露出的是绿色内容物。

怎么办呢？再擀一张大面页子，把破了的饺子像个婴儿似的包裹起来。亡羊补牢，犹未晚也。只是这种双簧饺子没人爱吃，又不容易熟。

我就负责打补丁，在饺子的破处再粘上一小块面。当时看着还算妥帖，煮时依旧脱落。不是原装的，一遇到考验，就现出间隙。

我包饺子的技术，尚属过得去。一次在史铁生家吃饭，大家合伙包饺子，属我的技术最娴熟。但也许是因为那次去的作家都是南方人。

每逢包到临近收尾，我的心情就渐渐紧张，怕出现馅多了面少了之类供需失调的矛盾。馅多了需重新和面，面多了就拉成几根面条，胡乱丢进最后的开水里。

好不容易包成了一个个饺子，又需一锅锅煮。饥肠响如鼓，谁煮谁就最后吃。这乃是家庭生活中考验人的时刻。一般由我领衔主演。

煮饺子是有讲究的。开盖煮皮捂盖煮馅……每次口中念念有词，好像一道符咒。

往锅里点上个三四回水，饺子就可以捞在盘里了。再把忙中偷闲剥好的蒜瓣、调好的醋汁一并摆上桌，才算大功告成。

饺子不能煮得太轻，菜叶直直地站在饺子皮里，吃下去会拉肚子的。也不可煮得太过，烂成菜泥，就是婴儿食品了。

还有许多小讲究，比如"挤"的饺子比包的饺子好吃。

"挤"是用两手的拇指和食指合力一卡，使皮和馅的排列发生结构性的重组，浑然一体。吃时整体感很好。这是山东人的专利，非得高手才行，一般人不在行。

吃饺子多么地烦琐！它是家庭餐饮业中的豪举，是主妇功课里的长篇小说。非得有大精力大准备才敢操练，两个人还得同舟共济，鼎力齐心。

于是我们便不再吃饺子。当然过春节不在此列，再忙也要图个吉利。

饺子是一种时间的奢侈品。

有一天孩子对我说："妈！咱们今年还没吃过韭菜馅的饺子呢！"

我说："没吃过也吃不成了。你没听说过，六月韭，驴不瞅？"

儿子说："可我们不是驴啊！驴不瞅，管它呢。我们吃就是了。"

我说："那是句比喻。天热日照长，韭菜的纤维粗糙，辣得熏鼻子，实在是吃不得了。明年再吃，好吗？"

"还是今年吃吧。改别的馅的好了。"他矢志不移。

我瞧瞧摊了一桌的稿纸，说："咱们吃速冻饺子吧。"

他说："我想吃真正的饺子。"

我想对他说，速冻饺子绝对是真正的饺子，只不过是机器包出来的，还是货真价实的。忍了忍，终于咽了下去。

我对他说："告诉你一个能吃上饺子的办法。星期天到你奶奶家去玩的时候，奶奶要是问你想吃什么，你也别怵怩，就直说想吃饺子，奶奶会让姑姑给你包的。注意，要说就早点说，别磨蹭到下午才张嘴，闹得人家措手不及。"

儿子脆生生地回答："记住啦！"

我的妈妈在石家庄。有一天石家庄来人，说你妈托我带给你一样东西。

我解开塑料袋，掏出一个盒子。揭开盒盖……

满满一饭盒饺子！

"老人家半夜起来和面剁馅，忙了半天。煮好后又用凉开水涮过，确保不粘了，这才装盒。从石家庄带到北京，六百里地呢！"来人说。

片刻间，我的泪水像海潮似的涨出眼眶。当着外人，不好意思落泪，我强笑着说："我妈也真是的，又不是旧社会，几百里路给我捎饺子，以为我饥寒交迫呢！"

那人紧盯着我说："快咬一个尝尝！你妈一会儿怕咸了，一会儿怕淡了，念叨不停。"

我赶快吃了一个饺子，可什么滋味都没尝出来。喉咙口很热，像有一块火红的炭卡在那里，其他感觉都抵不过那热。

"不咸，也不淡。正好。"我说。

"你妈说你好可怜，连顿饺子也吃不上。"那人说。

我父亲已经去世了，只剩下妈妈一个人。我们在遥远的地方，无以尽孝道，妈妈还这样关怀着早已成年的女儿。在凄清的凌晨，一个人披衣起身，孤零零地擀皮孤零零地包……一次只能擀几张皮，多了一个人包不过来，就皱了。妈妈是极讲究饺子质量的，这许多饺子她一定包了很久很久……也许她会先拿个小锅，煮几个尝尝。她总说我的口味比她重，一定是自己觉得咸淡适中了，又加上一把盐，过后想想，又怕咸了，心中不安。

"我过两天就回石家庄，我跟你妈说，你特喜欢吃她包的饺子。"来人很周到地对我说。

"别！可千万别！"我慌不择言，"你就跟我妈说，说饺子从石家庄带到这儿，路太远，都馊了。没法吃了。"

"不能吧？"那人狐疑地俯下身，闻了闻说，"除了香味，没别的味呀！"

我说："求求你，就这么说。不然我妈以后还会带饺子来。"

他停了好一会儿，说："就依你吧。"

那盒饺子个个囫囵滚圆，是典型的"挤"饺子。

回家去问妈妈

给母亲一个机会，让她重温创造的喜悦。给自己一个机会，让我深刻洞察尘封的记忆。给众人一个机会，让他们全面搜集关于一个人一个时代的故事。

那一年游敦煌回来，我兴奋地同妈妈谈起戈壁的黄沙和祁连的雪峰。说到在丝绸之路上僻远的安西，哈密瓜汁甜得把嘴唇粘在一起……

"安西——多么遥远的地方！我在那里体验到莫名其妙的感动。除了我，咱们家谁也没有到过那里！"我得意地大声说着。

一直安静听我说话的妈妈，淡淡地插了一句："在你不到半岁的时候，我就怀抱着你，走过安西。"

我大吃一惊，从未听妈妈谈过这段往事。

妈妈说："你生在新疆，长在北京。难道是飞来的不成？以前我一说起带你赶路的事情，你就嫌烦。说知道啦，别再啰唆。"

我说："我以为你是坐火车来的，一件司空见惯的事情。"

妈妈依旧淡淡地说："那时候哪有火车？从星星峡经柳园到兰州，我每天抱着你，天不亮就爬上装货卡车的大厢板，在戈壁滩上颠呀颠，半夜才到有人烟的地方。你脏得像个泥巴娃娃，几盆水也洗不出本色……"

我静静地倾听妈妈的描述，才知道我在幼年时曾带给母亲那样的艰难，才知道发生在安西的感动源远流长。

我突然意识到，在我和最亲近的母亲之间，潜伏着无数盲点。

我们总觉得自己已经成人，母亲只是一间古老的旧房。她给我们的童年以遮蔽，但不会再提供新的风景。我们急切地投身外面的世界，寻找自我的价值。全神贯注地倾听上司的评论，字斟句酌地印证众人的口碑，反复咀嚼朋友随口吐露的一丝印象，甚至会彻夜思索恋人一颦一笑的含义……我们极其在意世人对我们的看法，因为世界上最困难的事莫过于认识自己。

但我们恰恰忘了，当我们环视整个世界的时候，有一双微微眯起的眼睛，始终在背后凝视着我们。

那是妈妈的眼睛啊！

我们幼年的顽皮，我们成长的艰辛，我们与生俱来的弱点，我们异于常人的禀赋……我们从小到大最详尽的档案，我们失败与成功每一次的记录，都贮存在母亲宁静的眼中。

她是世界上第一个认识我们的人。我们何时长第一颗牙？我们何时说第一句话？我们何时跌倒了不再哭泣？我们何时骄傲地昂起了头颅？往事像长久不曾加洗的旧底片，虽然暗淡，却清晰地存放在母亲的脑海中，期待着我们将它放大。

所有的妈妈都那么乐意向我们提起我们小时候的事情，她们的眼睛在那一瞬如露水般年轻。我们是她们制造的精品，她们像手艺精湛的老艺人，不厌其烦地描绘打磨我们的每一个过程。

我们厌烦了。我们觉得幼年的自己是一件半成品，更愿以光润明亮、色彩鲜艳、包装精美的成年姿态，出现在众人面前。

于是，我们不客气地对妈妈说："老提那些过去的事，烦不烦呀？别说了，好不好？"

从此，母亲就真的噤了声，不再提起往事。有时候，她会像抛上岸的鱼，突然张开嘴，急速地歙动着气流……她想起了什么，但她最终什么也没有说，干燥地合上了嘴唇。我们熟悉了她的这种姿势，以为是一种默契。

为什么怕听母亲讲过去的事情？是不愿承认我们曾经弱小？是不愿承载亲人过多的恩泽？我们在人海茫茫世事纷繁中

无暇多想，总以为母亲会永远陪伴在身边，总以为将来会有某一天她将一切讲完。

在一个猝不及防的刹那，冰冷的铁门在我们身后戛然落下。温暖的目光折断了翅膀，掩埋在黑暗的那一边。

我们在悲痛中愕然回首，才发现自己远远没有长大。

我们像一本没有结尾的书，每一个符号都是母亲用血书写的。我们还未曾读懂，著者就已撒手离去。从此，我们面对书中的无数悬念和秘密，无以破译。

我们像一部手工制造的仪器，处处缠绕着历史的线路。母亲走了，那唯一的图纸丢了。从此，我们不得不在暗夜中孤独地拆卸自己，焦灼地摸索组合我们性格的规律。

当我们快乐时，她比我们更欢喜；当我们忧郁时，她比我们更苦闷。当她头也不回地远去的时候，我们大梦初醒。

损失了的文物永不能复原，破坏了的古迹再不会重生。我们曾经满世界地寻找真诚，当我们明白最晶莹的真诚就在我们身后时，猛回头，它已永远熄灭。

我们流落世间，成为飘零的红叶。

趁老树虬髯的枝丫还郁郁葱葱时，让我们赶快跑回家，去问妈妈。

问她对你充满艰辛的养育，问她独自经受的苦难。问清你幼小时的模样，问清她对你所有的希冀……你安安静静地偎依在她的身旁，听她像一个有经验的老农，介绍风霜雨雪中每一穗玉米的收成。

一定要赶快啊！生命给我们的允诺并不慷慨，两代人命运的云梯衔接处，时间只是窄窄的台阶。从我们明白人生的韵律，到父母还能明晰地谈论以往，我们并肩而行的日子屈指可数。

给母亲一个机会，让她重温创造的喜悦。给自己一个机会，让我深刻洞察尘封的记忆。给众人一个机会，让他们全面搜集关于一个人一个时代的故事。

在春风和煦或是大雪纷飞的日子，赶快跑回家，去问妈妈，让我们一齐走向从前，寻找属于我们的童话。

抱着你，我走过安西

爸爸妈妈，无论天上人间，我们永远在一起。

那一年我到甘肃敦煌。从兰州坐汽车，在戈壁滩上跋涉千里。一日午后，经过安西。白茫茫的沙海反射着耀眼的阳光，远处矗着从地面直通云端的黑色风柱，旋转着向我们逶迤而来——那是沙暴。

我突然感到一种莫名其妙的亲切。眼前这干燥的黄土，盘旋的热风，死一般的寂静，还有渐渐旋近的危险……

我可能在梦中到过这个地方。我对自己这样说。

半个月后，我回到家，同父母说起安西的遥远。我夸张地描述那里的荒凉，说，你们无法想象那里的神秘。

母亲很专注地听我诉说。自从我长大到了许多她不曾到过的地方以后，在我描述远方的时候，她总是像个小学生一样专心地看着我，那神气不单是从我这里得到新的见闻，而是在用整个姿势说：看！我的女儿去了我没有去过的地方！

猜测到母亲的这种心情以后，我常常投其所好。我得意地说："妈妈，您到过安西吗？"

　　没想到母亲非常肯定地回答，三十多年前，我抱着你，走过安西。

　　我回过头去看父亲。我不是不相信母亲，我是需要再一次的证明。

　　父亲说："是的，那时你才五个月。"

　　我的父母不喜欢忆旧，总是对以后发生的事充满了希望，觉得最后的才是最好的。

　　谈话无端地中断了。我们总以为还有无数的时间储存着，可以从容地回忆以前。但是突然，我的父亲患了重病。在那种气氛下，是不能忆旧的。我们相信父亲会好起来，我们觉得做那种回忆的事情，会在冥冥中对父亲的康复产生背道而驰的力量。

　　我们格外避讳谈过去的事情，我们以为这样就可以对抗那种叫作命运的东西。

　　我们错了。父亲离我们远去。痛定思痛之后，我才发现有关父亲的往事，我们知道的是那么少。懂得自己的父母是一件需要时间的事情。我们不可太年轻，那样我们只能记得他们的慈爱，无法深刻地洞悉他们的内心。我们也不可太年长，那时岁月的烽烟已将我们熏染，我们在无数次默念中将父母重新塑造，他们已不再具有原始的亲切。

作为女儿，我不知父亲生命中的许多空白。在父亲去世以后，我才知道这是永远无法弥补的黑洞。

我不想要家谱那样的东西，那是公共的枯燥的记录。我想看到我的祖先对他们生活血肉温暖的倾诉。

我已寻觅不到我的父亲了。于是我把双份的爱恋和探索的目光，投向我的母亲。

母亲是一个穷人家的女儿，年轻时十分美丽。我小的时候，尽管她对我发着脾气，面色很难看，但在我看来，她依旧是美丽的。这甚至影响了我一生中对女子的审美观。我一直以为像我的母亲那样，白皙端庄、不高不矮、不胖不瘦的女人，才是世上最完美的女性。

我的父母是山东文登人，很小就定了亲。爷爷家的村庄很小，只有一所初级小学。父亲读高年级的时候，就要到母亲所在的村子里读书。每逢放学的时候，和母亲一起玩的小伙伴就嚷："快看小英子的女婿啊，他下学了。"

母亲小名叫英子。她远远地看着父亲—— 一个眉毛黑黑的高大男孩。

父亲在威海读了中学后，参军到了山东抗日军政大学。后来到了一野，解放战争中转战南北，跟随王震将军，一直打到了新疆的伊宁。

这座中国西北长满白杨的城市，距我父母的家乡，大概有一万里路。

1951年，我的父亲来了一封信，要我的母亲赶快到新疆与他团聚。那一年，母亲刚满二十岁。

父亲后来说，当时王震将军已经开始广招女兵。他作为一个年轻的军官，时常被人问及婚姻。他记着母亲，所以邀母亲前去。但那时的新疆，遥远得如同今日的北极，都是罪犯流放之地。他征询母亲的意见，由母亲做出自己命运的选择。

母亲是可以不去的。

但是母亲深深记挂着那个有浓黑眉毛的男子。她把家里的门帘摘下来，洗净叠好，放在炕上，好像是去串亲戚，不久就会回来。她又把自己的换洗衣服装进一个小包袱，带着烧饼和姥爷卖了粮食凑的几元钱，踏上了未知的道路。

母亲先到了烟台，然后坐船到青岛。她从没出过远门，又晕船，坐的是轮船在水面以下的那个统舱，吐得日月无光。

但是青岛的风景使她把旅途的艰辛淡忘，凭着父亲开出的介绍信，母亲和几位到新疆寻夫的女人会合在一处。有一个女人的老父是个地主，农村的形势使他感到某种危险，所以和女儿一起远走新疆。他有文化而且有头脑，母亲就把介绍信交给他，由他一路安排食宿。

母亲离开家乡的日子是1951年农历二月二，龙抬头的日子。其后的旅行在母亲的记忆里就变得模糊而迷茫。她上了一辆又一辆汽车和火车，到达西安以后，又开始坐马车。他们这一伙老人和妇女每天住在负责接待的兵站里，像真正的军人一样大碗盛菜，馒头管够。

母亲刚开始想，当兵在外原是这样地舒服啊！但随着行程越来越向西，景色越来越荒凉，母亲想父亲一个人在外，真是够可怜的了。

沿途晓行夜宿，母亲已和同行的人十分熟悉。突然有一天，那老人说，现在已经到了新疆地界，他们几个的亲人在南疆，而我的父亲在北疆。以天山为界，前面就是分手的地方。母亲将独自完成剩余的几千里路程。

那一瞬，母亲感到了极大的恐慌，甚至比从家乡出走时还要孤单。那时她不知道旅途的艰难，幸好找到了同伴。现在她知道以后的路程更加莫测，征途迢迢，却要独自跋涉。

但这是无法改变的事情。老汉对母亲说，你男人做的官比她们男人的都大，你会有好日子过的。路上的事你不是都见识过了吗？没有我，你也一样能对付得了。

他们坐着新疆特有的勒勒车，向南方的沙漠中走去。妈妈默默地注视着他们，充满惆怅。在以后的岁月里，她再也没有得到他们的音讯。

1951年5月，历尽风霜的母亲到达了新疆的乌鲁木齐。

她被告知父亲在伊宁率领部队执行任务，一时没有汽车到那里去，只有等。

母亲就在乌鲁木齐等了整整一个月。那是一段十分痛苦的等待，母亲什么人都不认识，一个人到街上去转，语言又不通。母亲想，一定不能死在这里，不然变成鬼魂，也找不到人说话。后来总算有了一辆老掉牙的车，要到伊宁去，母亲迫不及待地爬上车，一路颠簸，终于在离开家乡五个月以后，到达伊宁。

母亲坐在父亲的团部里，有人去喊父亲……

我以为这种阔别多年的会面一定非常激动，没想到母亲淡淡地说，她看到父亲时只有一个感觉，那就是他长大了。

我也问过父亲同样的问题："您见到母亲的第一印象是什么？"父亲说："当然是高兴啊，你妈妈胆子够大的。要是别的人，不会跑这么远来找我。咱们老家那儿的人，是很恋家的。"

母亲在父亲的团里住了下来。那时候，部队很艰苦。领导干部的家眷平日也都住在集体宿舍里。只有到了星期天，夫妇才能团聚。办法是在大礼堂里用白布单分割出许多单间，女人们先把自己的被褥铺好，熄了灯以后，男人们再无声地钻进自己的家。母亲说，黑灯瞎火的，有的男人曾经摸错过门。

我就孕育于这样的环境。

由于水土不服，母亲的身体变得很差。她在卫生队当了一段时间护士以后，就再也支撑不了了，天天躺在床上。有一次她下床的时候，晕倒在地，头撞在脸盆架上，血把肥皂盒都灌满了。

母亲说，我从一出现，就同她作对，害得她一点东西也吃不了，最后变得骨瘦如柴。她甚至想自己可能要死在这个叫作伊宁的地方了，这是她第一次后悔到新疆来寻找我的父亲。

正是母亲最困难的时候，上级命令父亲带着他的队伍出征。母亲看着父亲，什么话也没有说。因为她知道，说什么话也不能改变父亲执行命令的决心。她只是仔细地盯着父亲，要把他的形象深深地刻在自己的脑子里。她想，等他回来的时候，自己可能已经不在这个世界上了。

父亲也是什么都没说，只是留下了一个警卫员照顾我的母亲。

这是一个老兵，足有四十多岁了。当母亲第一次对我描述他的时候，我说："妈，您肯定记错了。哪有那么老的兵？这个年纪可以当将军了。"

妈妈说："他真的只是一个兵，是从国民党队伍里解放过来的，个子矮矮的，脸圆圆的，一笑一眯眼，很和善的样子。"

父亲在众多的战士里挑选了这个老兵，这是他一生中做出的最英明的决定之一。如果不是这个有经验的男人细心照料，我母亲和我的生命将遭遇巨大的危险。

妈妈一天什么也不吃，不是她娇气，而是她的胃成心和她作对。无论她吃进什么，胃都毫无例外地翻滚，把东西吐出来。

妈妈被边塞的风吹得欲哭无泪，在1952年伊犁河畔的一座土屋里。父亲在远方率领着他的部队征战，绝不回头照料自己的妻子。

母亲无怨无悔地躺在床上。她甚至都停止思考了，只是在等待。等待她必然的命运。

这时候她闻到了一种奇异的香味，她觉得自己从小到大都没有闻到过这么诱人的味道。

"小胖子，你吃什么呢？"母亲问。

她其实只是一个二十岁的少妇，那个老兵的年纪快有她的父亲大了。但是部队里的人都这样称呼那个老兵，大家都习惯了，她只能入乡随俗。

小胖子走了进来，他的黑色大土碗里，装着嶙峋精致的骨头和肉。

"这是什么？"妈妈问。

"这是野鸽子①的肉。"

_____

① 野鸽子学名珠劲斑鸠，现为国家"三有"保护动物，擅自捕捉、猎杀野鸽子属于违法行为。——编者注

"哪里来的？"

"我逮的。"

"让我尝尝好吗？"

"好。"

小胖子把碗递给我妈妈，妈妈一口气把野鸽子肉吃完了。然后他们就安安静静地等待着。以往也有这种情形，妈妈把东西吃进去，但是很快就吐了出来。不是妈妈要吐，是她身体里一种莫名其妙的力量要这样捣乱。

"决定吐不吐东西的是你。"妈妈对我说。

我无言以对。那时的事情我真是不记得。

等待的结果不是吐，是妈妈又饿了——她还想吃野鸽子的肉。

小胖子高兴极了。他正为如何完成自己的任务大发其愁。要是我的母亲最终死了，他会像失守了一座阵地一样自责。但他不知怎样劝一个吃不下东西的孕妇，他想出的唯一办法是：把周围能找得到的一切生物拿来烧了吃。他是一个四川人，还是很会吃的。

他吃了一样又一样，我的母亲总是无动于衷。但小胖子不气馁，继续试验下去。当他试到把野外捕来的野鸽子烧了吃的时候，我的母亲终于焕发了食欲。

"在怀你的十个月当中，我只吃了不到十斤米。"母亲说。

我说："妈妈您一定是记错了。一个孕妇，只吃这么少的粮食，她自己和婴儿都要陷入重度的营养不良。"

母亲说："怎么会记错呢？大米是你父亲留下的，当时算是特殊待遇了，由小胖子保管。我每次都劝他一道喝稀饭，因为四川人是爱吃大米的。他总是说，'只有十斤，还是省着吃吧。'这样一直到了生你的时候，米还没有吃完。"

我说："我生下来的时候一定满面菜色。"

妈妈说："孩子你错了。生你的时候是在一家苏联医院，你红光满面，健康无比。"

我说："妈妈这是怎么一回事？"

妈妈说："那都是野鸽子肉的功劳啊。"

从那天以后，小胖子总是黎明即起。在伊犁河谷地上有一座废旧的仓库，小胖子把仓库所有的窗户都打开，在地上撒满苞谷粒。然后他就埋伏在远处，目光炯炯地注视着飞翔的野鸽子群。野鸽子们先是在天空盘旋，它们嗅到了新鲜苞谷的香气，一个个钻进幽暗的谷仓。它们在窗台上踟蹰着，判断有无危险。

小胖子在远处镇静地等待着，不慌不忙。

野鸽子就大着胆子飞进谷仓，降落在地面上，仔细地拣食金色的谷粒。它们发出咕咕的友善的叫声，把大量的同伴吸引过来。

小胖子有足够的耐心，他要到傍晚时分才开始动作。他拎着一把大扫帚，蹑手蹑脚地进了谷仓。野鸽子腾飞带来的烟尘眯了他的双眼，但剩下的活他熟门熟路，就是闭着眼睛也干得了。他急速地奔到窗户跟前，把破旧的窗户死死关住。

　　谷仓立时昏暗起来，小胖子挥动大扫帚，上下飞舞，像哪吒的风火轮。野鸽子惊恐地飞翔着，但门窗已被堵死，扫帚像乌云般扑下来，野鸽子无力地落在地上……

　　小胖子把野鸽子捉住，把它们炖在从苏联买回的铝锅里，和我的母亲吃得津津有味。

　　我问母亲："您一共吃过多少只野鸽子？这可是杀生。"

　　妈妈说："那不是我要吃，是你要吃。要不然，为什么吃什么都吐，唯有吃野鸽子就不吐了呢？整个怀你期间，我大约吃了几千只野鸽子吧。"

　　我吓了一大跳说："您准是记错了。"

　　妈妈很严肃地说："我每天最少要吃十几只野鸽子，三百多天算下来，你说是多少只吧。"

　　于是我暗暗地向造就我生命的这三千多只野鸽子道歉和祈祷。它们用血肉之躯构成了我的大脑、骨骼、牙齿和黑发，它们把飞翔的灵魂赋予了我，它们把从伊犁河谷的紫苜蓿、红柳花、蒲公英草籽中吸取的大地精华馈赠予我。若是我一生的努力还抵不过一只小鸟飞越蓝天时的勇敢，那真是暴殄了天物。

妈妈渐渐地健康起来，终于到了1952年的10月。中秋节过后，她住进了苏联人开的医院。阵痛席卷了她三天三夜，父亲还在远方操练他的部队。有人把妈妈难产的消息飞报给父亲，父亲到医院里来了一趟。苏联医院的制度很严，他只能隔着窗户看一眼妈妈。父亲当时满脸悲怆，注视着这个跋涉了万水千山来找他的老乡……但是他不能停留，立即又骑马赶回了几百公里之外的部队。

妈妈记住了父亲那张悲戚紧张的脸，她很感动。她的一生紧紧同这个人相连，在一个女人最危急的时刻，他不能帮助她，但给了她深深的关切，这就足够了。

我是在正午十二时出生的。母亲说，她几乎在我出生的同一分钟就睡着了。几天几夜没合眼，疲倦已极。护士推醒她，让她看一眼初生的婴儿。母亲说，看到我的第一眼，惊讶于我的眉毛那样像我的父亲，浓黑地皱着，好像在思考什么重大的问题。之后她更深沉地睡着了。

母亲远离家人，没人照料她。胖胖的苏联看护大娘端来鲜红的西瓜，示意她吃。我出生在晚秋，是新疆正瓜果飘香的时候。因为出了很多血，母亲口渴万分。但是她没有吃那诱人的西瓜，她想起在老家，人们说月婆子是不能吃凉东西的。而且她还有说不出口的原因：生孩子的时候，她一直咬紧牙关，满口的牙齿都松动了，无法咀嚼……

妈妈抱我回了凄清的部队。由于孩子不停地哭，不能再住集体宿舍了，母亲住进一间泥做的小屋。在新疆有许多这样的小屋，屋顶平平，墙壁裂缝，看得出是用砍土镘掘起的湿泥堆积而成，在某个角落里还留着施工者当年的手印。你常常觉得它随时都会倒塌，其实它可以在风雨中屹立多年，比人要活得长久得多。

小屋远离人群，母亲抱着我，度过一个个漫漫长夜。孤独地听着呼啸的塞风，她不敢熄灯，面对如豆的灯火直到天明。清晨别人问她："是不是小女儿很难带？"她说："没有啊。"人家说："那为什么夜夜灯火通明？"妈妈不好意思承认自己害怕，就把罪名推到我身上，改口说："是啊，女儿很爱哭。"

当我三个月的时候，父亲回来了。这是他第一次见到我，也很惊讶于我是那么像他（其实我远没有我的父亲英俊，我先生同我相识以后，曾说过你的父母都长得那么出类拔萃，可惜了你们这些孩子，居然没有一个像他们的）。父亲对母亲说，准备好，我们要走了。

母亲默默地准备行囊，她已经习惯了父亲的漂泊，甚至都没有问这次是到哪里去。倒是父亲自己忍不住了，说："你猜我们是到哪儿？上北京！"

当时正是 1953 年初，国家组建军委，从各大军区选调年轻的团职干部充实总部，父亲恰在其中。

母亲并没有对此表示太多的欣喜和惊讶，她是一切听从父亲的。只是在具体办调动的时候，遇到了一点意外。当时母亲的军籍已经报上去了，正在待批阶段。本来父亲要是稍微催促一下的话，也早就办好了。但因母亲一直得病，之后又是孕育我，父亲总想等到母亲能精干地工作时再批。现在中央的调令急如星火，但上面只有父亲一个人的名字。摆在父母面前的是两条路——要么父亲一个人赶赴北京，母亲等着军籍批下来以后再办调动；要么同行，但母亲以家属的身份跟随进京。

母亲毫不犹豫地选择了后者，这使她在今后漫长的岁月里付出了高昂的代价，影响了她的整个性格。浓重的阴影甚至渗进了我们的童年。

但是1953年初的母亲是兴致勃发的。她将随着她终身的依靠，一步步地向内地迁徙。她离开父母已经有一段时间了，她原不知自己何时才能再回家乡，此刻希望就在前面。

我那时只有三个月大，携带这样小的孩子跋涉关山将遭遇怎样的困难，母亲估计不足。他们匆忙上路，坐在隆冬时节的汽车大厢板上，开始了历时几个月的颠簸。

母亲本来以为是可以抱着我坐驾驶楼子的。一来在父亲的队伍里，母亲一直享受照顾，她忽略了天外有天。再一个原因完全是凑巧，同时调往北京的干部里，有一名家属也带了一个孩子，八个月大。

那孩子比你大了将近半岁啊，可他们不让着我。妈妈在多少年后一想起来，还叹息不止。

我的父亲是历来以忍让为美德的，他反对我的母亲同对方讲理，甚至反对母亲同对方协商出一个方案，孩子轮流坐在驾驶楼里，一天一换。他只是要母亲忍让，让那个比我的生命历程长了将近两倍的男孩，不受风雨的侵袭，日日享受驾驶室的温暖。

其实哪怕在那些最颠簸的日子里，留给我的依然是幸福。母亲的怀抱永远是婴儿的海洋与天空，只要有了母亲，婴儿就永远有太阳。

母亲为了我吃了很多的苦。每逢到了兵站，父亲都不愿让母亲抱着我与众人一起吃饭，怕我一时哭了起来，坏了众人的食欲。母亲就一个人在车上坐着，直到大家都吃完了，才独自走向冰冷的饭桌。当然父亲也是身体力行的，他也常常让母亲先去吃饭，自己抱着我，孤守在汽车大厢板上。

我至今对所有人多的场合都心生畏惧，愿意一个人悄悄地躲在类乎大厢板这种寂寞凉爽的地方，拄着下巴出神。我想这一定归功于我的父亲从小不许我上桌吃饭的命令，由此养成了我躲避喧嚣的习惯。

进京的路线是从新疆伊宁翻越果子沟，到达乌鲁木齐。

然后穿过星星峡经哈密出新疆，继续东进，沿河西走廊到达兰州。这途中，车在安西坏了。母亲抱着我，徒步走过安西。一路上经过的许多地方，母亲都已忘记。她无暇欣赏车外的景色，因为一个三个月大的婴儿在她怀中嗷嗷待哺。但她记住了"安西"这个地名，因为父亲对她说，过去的皇帝为了表示边境安宁，就有了"安南、安东、安西"这些名称。面对着苍茫的大漠和如血的夕阳，母亲抱着她的小婴儿一边跋涉一边想，但愿此生永远不再经过安西。

现在在天上旅行不过几个小时的路程，父母亲却走了几个月。1953 年的 5 月，他们才到达北京。

其后的日子大约是母亲一生中最无忧无虑的时光。父亲作为年轻有为的军人，在总部机关大展宏图。新中国成立初期军人至高无上的地位，使得母亲心满意足。她没有其他的事情，专心致志地生养儿女。这其中有一次调干学习于工农速成中学，然后上大学的机会，母亲毫不犹豫地放弃了。让父亲有一个舒适的家，让儿女们有一个快乐的童年，就是母亲单纯而美好的愿望。

父亲到政治学院深造了，母亲在家抚育着我们。这时已到了 1957 年，母亲已有了我、妹妹、弟弟三个孩子。她住在部队的大院里，每天穿着剪裁合体的旗袍，领着弟弟妹妹款款地散步。家中有保姆做饭，我被送到幼儿园长托，生活静谧而安详。

接着开始"反右"了，机关大院里闹得沸沸扬扬。从学校回来休假的父亲突然看到了几张大字报，说是有些军官的夫人没有工作，一天天地躲在城里吃闲饭……下面还附了一张长长的名单，他的名字赫然在列。

大字报是一个哗众取宠的人所写，所有被点到名的军官都置若罔闻。但我一贯自尊而要强的父亲如坐针毡，他第一次感到因了母亲，在众人面前抬不起头来。

吃晚饭的时候，父亲平平静静地说，你带着孩子回乡下去吧。

那一刻母亲惊骇莫名，但她很快就镇定下来了。她一生信服父亲，既然父亲这样说了，那就是一定要这样做的了。她默默地接受了父亲的安排，居然没有一丝异议。

第二天大清早，母亲穿着单薄的旗袍，雇了一辆三轮车，赶到前门的廊坊头条，排队买了一架缝纫机。她从小绣花，二十岁时出来寻找我的父亲，现在带着三个孩子回到乡下。她不会干农活，只有给人家做衣服，以维持生计。

当所有的军官夫人都我行我素地过着和她们以往同样的日子时，我的母亲到办事处转出了我们母子四人的北京户口。对于这种毫无外力胁迫下的自由迁徙，办事员大惑不解，一再提醒我的母亲想清楚些，说："北京户口可是个宝，一出这个门，你就是哭得眼睛流血，也成不了一个北京人了。"

母亲默默地听着她的话，什么也没有说，带着我们的户口回到她的故乡——山东省文登县 ① 的一个小村。

父亲甚至没有把我们送回老家，就赶回去上他的学去了。

母亲离开故乡的时候，是一个如花似玉的女孩。那一方水土的人都以母亲为骄傲，对自家的女孩说，要出落得像小英子一样，以后嫁个军官，见大世面，过好日子。现在年近三十的小英子突然很落魄地拉扯着三个孩子回来了，其中我最小的弟弟还不到一岁。

姥姥一家慌忙腾出"门屋子"，给我们住。这是一间暗淡的小屋，在大宅院里，是看门的长工住的地方。乡亲们窃窃私语，以为我的父亲一定是犯了天条，或者是我的母亲遭了婚变。

他们狐疑地观察着母亲，母亲对这一切浑然不觉。人们唯一能相信母亲说她在外面日子过得还好的证据是，我们这几个孩子粉雕玉琢，不像遭了虐待的模样。

母亲的缝纫机没有派上什么用场，她只会简单地轧线，并不会裁剪。乡下人喜欢的式样她也做不出来，根本没有人找她做衣服。她开始下地劳动，玉米锋利的叶子把她的胳膊划出

---

① 现为文登区，隶属山东省威海市。——编者注

道道血痕。她毫无怨言，跟着年迈的姥爷学习着一件件农活。

不管大人们如何评价这一次搬迁，它在我心里留下了极为美好的印象。我再也不用穿夹脚的红皮鞋，可以光着脚在地上跑来跑去。我再也不用喝腥气冲天的炼乳，而可以大嚼特嚼冒着青水的玉米秆，直到把舌头划出一道道血口，但是只见到吐出的渣滓变成粉色，并不觉得疼。中午时分我可以在大太阳底下，用姥爷编的小篮子拣河滩上密密麻麻的鹅卵石，拣满了就把它们倒回河里去。我也再也不用像在幼儿园里那样必须睡午觉，谁要是睡不着，多翻了几个身，生活老师就不给你升小红旗……

那一年，我五岁。一个五岁的城里孩子记住的都是快乐。我的妹妹三岁，我的弟弟一岁，所以我相信，要不是经过特别的提醒，他们是一定不记得自己曾经认认真真地做过几个月乡下人的。

我父亲独自遣返家属的事情，被领导知道了。他们要求父亲立即将我们接回。于是在离开北京很短的日子后，妈妈带着我们又回到北京。

新的家比原来的家还要大和漂亮，那时的家具都是配发的，所以我们把自己的被褥铺好后，几乎一切都没有变化，甚至比原来还要舒适。因为我已经过了幼儿园的转园时间，要在家里待几个月，才能进入新的班级，父亲专门为我请了新的保姆。在一段时间里，家里居然有两个保姆，好不热闹。

表面看来，一切都没有变。但是一个最重要的变化已经不可逆转地发生了，那就是我的母亲认识到了世界的严酷。她原来以为父亲就是一切，现在才发现她除了父亲一无所有。

"我要去上班，去工作。"母亲说。父亲惊讶了一下，说："你能干什么呢？"

母亲已经快三十岁了，她除了绣花，没有做过其他的工作。这些年忙着抚育我们，原有的文化已经淡忘。

"别人能做什么，我也能做。"母亲说。

"但是孩子怎么办呢？"父亲问。

"找保姆。"母亲坚决地说。

父亲是深爱母亲的，他什么都没有说，开始为母亲联系工作。因为母亲爱绣花，她进了一家工艺美术厂，在铜器上描花。

母亲也许幻想着成为一个工艺美术大师，但她必须从学徒做起，每月的工资是十五元。

家里雇着两个保姆的开销，数倍于母亲的收入。母亲每天除了上班，还要参加众多的政治学习，回家时往往是深夜。母亲从来没有经过这样紧张的奔波，回家后看着我们被保姆带得肮脏不堪，素有洁癖的母亲又挽起袖子亲自为我们洗涤。

这样几个月下来，父亲看着疲惫不堪的母亲和顿失饱满的孩子说："你就不要上班了。这是何苦呢？我又不是养不活你们。"

母亲一字一句地说："我再也不想让别人养活了。那个贴大字报的人，不管是什么用心，都让我明白了，一个人要是没有一技之长，说不定什么时候，别人就会操纵你的命运。"

从此后，母亲坚忍地过着她的学徒生活，我们几个孩子主要在别人的照料下渐渐长大，父亲繁忙地工作着。大家虽然忙碌，也很快活，直到有一天……

那时我已九岁，记忆已十分清晰。在一天吃晚饭的时候，父亲突然说："我要回去了。"

母亲什么也没问，但是立刻知道了父亲所说的回去，是指返回新疆。

母亲说："吃完饭，再说这件事好吗？"

吃完饭后的事情，我就不知道了。当我长得比较大以后，才知道，由于中苏边境、中蒙边境局势紧张，组织要向新疆增派干部。父亲是从新疆调来的，对新疆比较了解，自然是首要人选。

"我们已经守过边疆了，现在该轮到别人去了。"母亲无力地说。

"跟组织上，是不能讲这个话的。"父亲说。

妈妈以为原来同我们一同调京的干部，大部分都会回去。

没想到真到临行的时候，只有父亲去戍边。

"别人为什么都不回去呢？为什么偏偏是我们？"母亲不解。

"他们都说自己有病。"父亲说。

"那你也说自己有病。"母亲说。

"我没病。"父亲说。

当我的父亲后来患了一种极罕见、缓慢的恶性血液病，离开人间的时候，我在外文资料上看到，父亲所患疾病的病史是长达几十年的。父亲到了新疆之后就多次高烧，现在看来，那就是疾病的早期征兆了。

那些号称有病的军人，至今还在世上。我健康无比的父亲，已长辞人间。

由于当时边境形势十分紧张，父亲必须立即前往，不得携带家属。于是父亲又一次离开我们，一个人奔赴祖国的边疆。

从那以后，我基本上就没有跟我的父亲长久地相处过。他在我的心目中，渐渐地幻化成一个神。当我们做了什么不好的事情的时候，妈妈就会说："要是你爸爸知道了，他会难过的。"要是我们做出了什么成绩，妈妈就会说："你爸爸会高兴的。"所以，对我来说，无所不在的父亲，总是在高远的天空俯视着我，犹如上帝的目光。

我觉得在我的父亲离开北京以后，我的母亲才真正地长大。尽管在这以前，她已经有了三个孩子，还经受了一次下乡的锻炼。现在，她一向依傍的肩膀断然离开，在漫长的中蒙边境建设中国铁一般的边防。三个孩子像蚂蟥一样吸在她的身上，汲取她的力量。

母亲在那个年代留下的照片，明显地呈现出一种断裂。在我的父亲没有离去之前，她是优雅的军官夫人。在这之后，虽然父亲的官职不断升迁，母亲反倒更像一个劳动妇女了。母亲在一家普通的工厂做工，从亲身的经历中，体验到民间的疾苦，对我们的要求便严格了起来。她终日和平民百姓打交道，变得越来越朴素。

母亲上班的工厂不通汽车，她就从旧货市场买来一辆"生产"牌的自行车，从此每天在路上奔波两小时。她再也不穿优雅的旗袍了，因为她始终没学会如何刹车，遇到危险时只会匆忙跳下，而穿旗袍不方便。她也像普通女工一样中午带菜，我记得她总是把辣椒之类的菜，装进一个小酒盅里，说这样不容易洒。依家中的情形，妈妈可带好一些的菜，但她很俭省。我后来才明白，她是不愿让别的女工感觉她特殊。冬天她冒着风雪回来后，手冷得像冰坨，弟妹都吵着要她抱抱。母亲总是说："让我在暖气上把手烤热点再抱你们。"

母亲跟着她们工厂的人学着纳鞋底，说要给我做一双布鞋。我一直对母亲的布鞋充满神往，对同学们也吹过不止一次牛。但是母亲因为忙，做这双鞋做了好几年。等到鞋底子纳好的时候，我的脚已经长大了，无法再穿这双布鞋。母亲就说，可以改成布凉鞋，反正脚指头能伸到鞋外面，小一点也是可以穿的。我大度地说："那就变成凉鞋好了。"但我实际穿起来，才知道布底子的凉鞋是很没有优越性的，夏天多雨，一沾水就变得死沉，实在不舒服。

母亲为我们织毛衣（在这以前，我们的毛衣都是买的，十分漂亮），织了很大一片，才发觉掉了一针。母亲就和我商量，说要是拆了重织，会浪费很多时间。干脆用针线把那个窟窿补起来，不仔细看是看不出来的。我当然拥护妈妈的合理化建议，而且认为这个建议天衣无缝。直到很多年以后，我听女人们议论起毛衣掉了一针，需拆了重织的事情时，我苦口婆心地劝她们只需用针将毛衣缝起来，她们惊讶得仿佛我在教唆纵火一样，我这才晓得母亲当年是如何因陋就简。

母亲实在是太忙了。

父亲刚走，我的弟弟就在幼儿园里患了急性黄疸型肝炎。这在那个饥饿的年代，是可以致人于死地的疾病。三岁的弟弟被送到全军的传染病医院进行隔离治疗，因为我的父亲已经调出这个单位，所以父亲在时的所有待遇一概取消（我至今认为军队是最铁面无私的地方）。母亲在每一个星期天去赶公共汽车，倒几次车，去远郊看我的弟弟。她当然给父亲写了信，但父亲是不会回来的，在他的心里，国家的事永远比自家的事重要。

后来我的妹妹又得了重病，住进了301医院，要动手术。手术做到一半，医生传出话来，怀疑是癌症。母亲在扩大手术范围的单子上签了名，手术整整做了九小时。那一年，我的妹妹刚十一岁。

父亲这一次回来了，但是只在家里待了三天，就又坐飞机赶回边防线。母亲几乎习惯了对命运中的突变单独应战。她已经从那个柔弱的夫人成长为一根顶梁柱。

她每日守着妹妹，带她去烤镭，带她看中医。妹妹成功地从病魔的手里逃脱出来，是母亲再造了妹妹。

但母亲对我们又是很严厉的。自父亲调走以后，我们家的处境起了某种微妙的变化。我们的小学是部队的子弟小学，家长们的职位就成了砝码。父亲在时，我的成绩与他无关，但是父亲走了之后，要保住以往的光荣，我们就要付出加倍的努力。

但无论怎样挽救，事情也有不能如意的地方。比如我担任少先队大队长一职多年，因为我的学习成绩一直比较优秀。有一次，大院里说学空军，要把孩子们另组织起一支新的队伍，一位成绩不如我的同学成了这个组织的大队长，而我成了一个莫名其妙的楼长。

母亲知道之后，声色俱厉地斥责我，说我骄傲了，退步了，怎么连××都不如了……那次打没打我，我不记得了。但我记得自己非常忧伤，我注视着母亲，心想：妈妈您是真的不懂人一走茶就凉的道理吗？我比您小得多，可是我懂。我在心里对她说，妈妈，我已经尽了最大的努力，但我就是比现在做得还要好上十分，这个大院里的大队长也是不会给我当的。那个××的父亲是主管学校的要人，您忘了吗？

我的父亲出任中蒙边境边防总站的第一任政委，成功地完成了多次边境谈判。当二十世纪八十年代末期，报纸画报上登出某位现今的领导，是中蒙边境防务的缔造者时，父亲淡淡地说，我当政委的时候，他刚刚入伍。

父亲一生淡泊名利，他永远把家庭置于国家利益之下，母亲为此做出了巨大的牺牲。

"文革"开始时，父亲参加"三支两军"，制止武斗到了不顾身家性命的地步。母亲实在放心不下，她决定追随父亲到新疆。

母亲又一次经过安西，为了父亲和我，重回荒凉之地。

我参军到了西藏，母亲经常面向她以为是西藏的方向，长久地流泪。

我是长女，母亲对我倾注了更多的爱。我从小就和母亲相依为命，所有的艰难和困厄，我都和母亲一同度过。

我更深刻地认识母亲，是在得知我的父亲患重病之后。母亲的天塌了，我知道这对于她是怎样深重痛苦的打击。但是在那灾难性的日子里，母亲表现出了无畏的勇敢和坚忍，她无微不至地照顾父亲，安慰我们。其实这个世界上最需要安慰的正是她自己啊。

写到这里，我的泪水滚滚而下，电脑的键盘上落满了水滴，手指不断打滑。我无法平静地描写父亲最后的时光，也许我永远也写不出来，那实在是心灵的炼狱。我只是为我的父母深深地感动着，他们相依为命，一同走过了艰辛而幸福的一生。

父亲在最后的痛苦中对我说："我很幸福。有你妈妈，有你们……"

父亲是一个军人，一个永远视国家的利益高于一切的人。在他的一生中，我没有听到过他说类似温情的话。

我的母亲——那个山东昆嵛山下聪明美丽的女孩，她将一生交给了我的父亲，又顽强地从父亲的身影里走了出来，以她坚韧的自尊的努力，给了我们良好的教养、简朴清白的品格、荣辱不惊的心胸和在巨大的苦难面前无所畏惧的气概。

我的父亲在我的眼中是神，他的目光睿智而高远。

我的母亲是一个普通的女人，她用自己的血脉锻造了我们，精神溶化于我们的生命。为了使她快乐，她的子女愿意做任何事情。我的妹妹后来在北京大学读书，弟弟在1977年考上大学。

父亲去世后，母亲曾对我说："你爸爸到远处去了。你们小的时候，你爸爸就经常到远处去，这一次不过走得更长久些。我们终会到你父亲所在的地方去，我们还会团圆。在没有远行之前，我们还像以前你父亲不在的时候，一道好好地过日子，好吗？"

"好的，妈妈，我答应您。"

爸爸妈妈，无论天上人间，我们永远在一起。

强弱之家

强弱之家

在我心中，孩子与家都是万分贵重的东西。面对它们强大的力量，我是弱者。

女强人这个词，更多的是一种社会性的评价。我不知道这个词确切的定义是什么，大致想起来，似乎是指女人在一个传统的以男性为轴心的世界里，有了一定的地位、实力或影响。比如说做官做到处级以上（在比较小的城市，大约科级也行了吧）；比如挣的钱比较多，月入几万以上（随着通货膨胀，这个数额恐怕也得不断地提高）；比如说知名度比较高（当然是不能与那些国际知名人士相比的啦）。

我是一个作家，没有权也没有钱。由于写东西总是要署名，以示文责自负的勇气，知道我名字的人比知道我丈夫名字的人要多，我便也可以跻身女强人之列。我很感激这个行业给我带来的荣光。

但是在我的家里，并没有人把我当一个女强人看待。我丈夫认识我的时候，就知道我的名字。他称呼我名字的次数，并不因为外界人知道我的多寡而增减频率。比如他可以在我写作的时候，很随意地对我说："哎，毕淑敏（我们俩都是当兵出身，从认识的时候就直呼其名，像在兵营里一样），你知道我的那双羊毛袜子搁哪儿了？"我会毫不迟疑地放下笔，说："你怎么那么没记性啊，都跟你说了多少遍了，就在某个抽屉里。"一边说，一边去给他找。这无论在我还是在他，都觉得理所当然。

当我的事情和我儿子的发生冲突的时候，我几乎是下意识地就服从了孩子。比如说今年暑假，我儿子叹了一口气说："我有你这样一个妈妈真是倒霉啊。"

我忙问为什么。他说："别的同学放了假，可以自由自在地待在家里。可我的妈妈是一个作家，一天到晚在家写作。无论什么时候，妈妈都像猫头鹰一样盯着我。"

我埋头写字，并没有时间总盯着他。是他到了十几岁的年纪，强烈地萌发独立意识，要求自己的空间。第二天，我收拾起自己的纸笔，转移到单位的办公室写作。这当然给我的工作带来了不便，几天以后，连儿子自己也不好意思了。他说："妈妈你回家来吧。"我说："你不必在意。写作对我来说是终生的工作，不在乎这一个月的时间。但这个暑假对你来说是极为宝贵的，我愿意把家让给你。"

我这么做大约是太纵容儿子了。但世上有些事情是不以对错论结果的，支配我们的是一种习惯。

　　在我心中，孩子与家都是万分贵重的东西。面对它们强大的力量，我是弱者。

娘间谍

在我所见到的母亲当中，她真是最不可思议的人之一。

我和她的相识，有点意思。我称她"娘间谍"——是她自己告诉我这个绰号的。我从小就很惊叹间谍的手段和意志力。

那天上班时分，传达室打来电话说："有一个女人说是你的亲戚，找上门来，你见不见？"我说："是什么亲戚呢？"师傅说："她支支吾吾地说不清楚，我们觉得很可疑。你直接问她吧，检验一下。要是假冒伪劣的，我们就打发她走。"

说完传达把话筒递给了那女人。于是，我听到一个低低的气声，耳语一般地说："毕作家，我不是你亲戚，可是我有重要的事情要对你说……啊，你怎么不记得我了呢，真是贵人多忘事啊！表姑全家还让我问你好呢，你赶快跟传达室的师傅说一下，让我上楼吧，他们可真够负责的了，不见鬼子不挂弦……师傅，您来听本人说吧……"

后半截的声音明显放大，看来是专门讲给旁人听的。于是，我乖乖地对传达室同志说："她是我亲戚，请让她进来。谢谢啦！"

几分钟后，她走进门来。个子不高，衣着普通，五官也是平淡而无奇的那种，没有丝毫特色。叫人疑惑刚才那番精彩的表演，是否出自这张平凡的面庞。

她不客气地坐下，喝茶，说："一个作家，又好找又不好找。说好找吧，是啊，报上有你的名字，实实在在的一个人。电脑这么发达了，找个人，按说不难。可是，具体打听起来，报社啊编辑部啊，又都不肯告诉你，好像我是个坏人似的……"

我说："真是很抱歉。"

她笑起来说："你道的什么歉呢？又不是你让他们不告诉我的。再说，这也难不住我，我在家里专门搞侦破，我女儿送我一个外号，叫'娘间谍'。"

我目瞪口呆。半晌说："看来，你们家'冷战'气氛挺浓的啊。"

她收敛了笑容说："要不，我还不来找你呢！你能不能帮帮我？"

我说："到底出了什么事？"

她说："我就这一个女儿。我丈夫和我都是高工，就像优良品种的公鸡母鸡就生了一个鸡蛋，你说，我能不精心孵化吗？从小我就特在意女儿的一言一行。小孩子要是发烧，三等的父母是用体温表，水银柱蹿得老高了，才知道大事不好。二等的父母是用手摸，哟！这么烫啊！方发觉孩子有病了。我是一等的母亲，我只要用眼角这么一扫，孩子眼珠似有水汽，颧骨尖上泛红，鼻孔扇着，那孩子准是发烧了。我这眼啊，比什么体温表都灵。

"女儿小的时候，特听我的话。甭管她在外面玩得多开心，只要我在窗台上这么一喊，她就腾腾地拔腿往家跑。有一回，跑得太快，膝盖上磕掉了那么大一块皮，血顺着裤腿往下流，脚腕子都染红了。邻居说，看把你家孩子急的，不过是吃个饭，又不是救火，慢点不行？我说，她干别的摔了，我心疼。往家跑碰了，我不心疼。听父母的话，就得从小训练，就跟那不足半月大的小狗似的，你教出来了，它就一辈子听你的。要是让它自由惯了，大了就扳不过来了。

"左邻右舍都知道我有一个百依百顺的女儿，我也挺满意的。现今都是一个孩子，我们今后就指着她了。让她永远和父母一条心，就是自己最好的养老保险。"

我忍不住打断她说："你这不是控制一个人吗？"

她说："你说得对啊，不愧是作家，马上抓到了要害。要说我这个控制，还和一般的层次不一样。我做得不留痕迹。控制最基本的要素，就是掌握信息。对儿女，你知道了他的信息，就掌握了他的思想。你想让他和谁来往，不想让他和谁来往，不就是手到擒来的事了吗？比如，她常和哪些同学联系，我并不直接问她，那样，她会反感。年轻人一逆反，完了，你让他朝东他朝西，满拧。我使的是阴柔功夫。我也不偷看她的日记，那多没水平，一下子就被发现了。现在的孩子，狡猾着呢。我呀，买了一架有重拨功能的电话机。她不是爱打电话嘛，等她打完了，我趁她不在，'啪啪'一按，那个电话号码就重新显示出来了。我用小本记下来，等到没人的时候，再慢慢打过去，把对方的底细探出来。这当然需要一点技巧，不过，难不倒我。"

我点点头。不是夸奖这等手段，是想起了她刚在传达室对我的摆布。

她误解成赞同，越发兴致勃勃。

"女儿慢慢长大了，上了大学，开始交男朋友。这可是一道紧要关口啊。我首先求一个门当户对，若是找个下岗女工的儿子，我们以后指靠谁呢？所以，我特别注重调查和她交往的男孩子的身世。一发现贫寒子弟，就把事态消灭在萌芽状态。"

我说："这能办得到吗？恋爱的通常规律是，压迫越重，反抗越凶。"

她说："我不会用那种正面冲突的蠢办法。我一不指责自

152

己的女儿，那样伤了自家人的和气；二不和女儿的男友直接交涉，那样往往火上浇油。我啊，绕开这些，迂回找到男方的家长，向他们显示我家优越的地位，当然，这要做得很随意，叫他们自惭形秽。述说女儿是个骄娇二气小姐，请他们多多包涵，让他们先为自己儿子日后的'妻管炎'捏一把汗。最后，做一副可怜相，告知我和老伴浑身是病，一个女婿半个儿，后半辈子就指望他们的儿子了……"她说到这里，得意地笑了。

我按捺住自己的不平，问道："后来呢？"

她说："后来，哈哈，就散伙了呗。这一招，百试百灵。我总结出了一个经验，下层劳动人民，自尊心特别强，神经也就特脆弱。你只要影射他们高攀，他们就受不了了。不用我急，他们就给自己的小子施加压力，我就稳操胜券、坐享其成了。"

我说："你天天这般苦心琢磨，累不累啊？"

她很实在地说："累啊！怎么能不累啊？别的不说，单是侦察女儿是不是又恋爱了，就费了我不少的精力。后来，我发现了一个好办法，说出来，你可不要见笑啊。女儿是个懒丫头，平日换下的衣服都塞到洗衣机里，凑够了一桶，才一齐洗。我就趁她走后，把她的内裤找出来，仔细地闻一闻。她只要一进入谈恋爱阶段，裤子就有特殊的味道，反正我能识别出来。她不动心的时候，是一种味道，动了真情，是另一种味道。那味道一出现，我就开始行动了……近来她好像察觉了，叫我'娘间谍'，不理我了。你说我该怎么办？"

天啊！我大骇，一时间什么话都对答不出。在我所见到的母亲当中，她真是最不可思议的人之一。

我连喝了两杯水之后，才把自己的情绪稳定住。我对她讲了很多的话，具体是些什么，因为在激动中，已记得不是很清楚了。那天，她走时说："谢谢你啦！我明白了，女儿不是我的私有财产，我侵犯了女儿的隐私权。我会改的，虽然这很难。"

我送她下楼，传达室的师傅说："亲戚们好久没见，你们谈了挺长时间啊。"

我叹口气说："是啊。我很惦念她的女儿啊。"

分手时，"娘间谍"对我说："你要是有工夫，就把我对你说过的话，写出来吧。我得罪了不少人，也没法一一道歉了。还有我的女儿，有的事，我也不好意思对她说。你写成文章，我就在里面向大家赔不是了。"

"娘间谍"走了。很快隐没在大街的人流中，无法分辨。

伤亡于家庭

使我们遍体鳞伤的场所，更多发生于家庭。

大千世界，伤亡多矣。有死在炮火下的，有死在权力场上的，有死在金钱堆里的，有死在脂粉欢场中的……但不知你是否注意到，使我们遍体鳞伤的场所，更多发生于家庭。

在那种战云密布的家庭里，没有箭戟硝烟，但绝不乏刀光剑影。看不见的伤口在流血，看不见的内伤在悸痛。日复一日的擦痕渐渐累积为镂骨的深壑，终有一瞬胸膛断成尖锐的两截。彼此以伤及对方为快意，看他人伤痛会有种报复的喜悦。也许正因为当初相知甚深，了如指掌，所以，一旦反目为仇，那讥讽就格外尖刻，那嘲弄就格外有力，那刺杀的穴位就格外精准，那致命的一击就格外凶猛……

受伤于家庭的人，我估计一定多过死于原子弹爆炸的人，只是他们通常缄默。或是不愿意说，或是不敢说，或是不知道怎样说。伤于战场是勇敢，死于情场是痴迷，而家庭带来的伤亡，难以察觉，无法启齿。那痛楚而怪异的感觉，好似被一条柔软的丝锁紧扼喉头，虽然感到越来越窒息，但哽噎吐出，只怕他人不懂，得到的便是羞辱。于是，无数的人，默默咀嚼着，要么选择继续持久地被伤害，要么敷衍着名存实亡的家庭，甚至犯下罪行。

当我们从法治刊物形形色色的案件的披露中，得知发生在家庭中的种种血案，才蓦然发觉，家庭致伤如此惨重。

于是，我们震惊，震惊之余我们宽慰着自己，以为那只是万一和偶然。但随着越来越多的不幸进入我们的视野，我们不得不痛心地承认，家庭中的伤亡俯拾即是。

人们因为爱，走进家庭。我们四目相对结为一体，在洁白的婚纱下，新人并不完美，彼此带着旧时的痼疾。那些由于历史的原因，久已附着在我们血液中的病毒，并不因婚姻的缔结而有所收敛。在新的环境下，它们伺机复发，阴谋一逞。家庭并不是具有奇特功能的天然矿泉，不管什么病，只要一跳进这盆滚烫的水里，便霍然痊愈。更别说倘若那婚姻的结合，原来就有同病相怜的缘故，由于病症相似，病毒更有了协同发作的机会。

家是两双手共同续进柴薪的一盘暖炕，只有不间断地投入，才会有恒久的温馨。

可惜很多人不懂。他们对家庭寄予了太多不切实际的幻想，以为家有魔法，可以自生自长，点石成金。他们不打算进行艰苦的自我改善，相信只靠从对方身上源源不断地索取能量，就会达至幸福。

当家庭中生长出获取大于奉献的稗草时，家庭的伤害就已经萌生。

被汲取的一方，感到失望和被削弱。他们由不自觉到自觉地开始拒绝和反抗，选择躲避或者反击。

汲取的一方，由于感到被抛弃和对方的冷漠，开始更大力度地依附和索取。他们或是撒娇或是要挟，或是疏离或是紧紧粘连。

在家庭的战争中，绝没有永远的胜者。家庭原本就是共同的疆土，你刺伤对手的同时，弹片也溅满自身，伤口也汩汩流血。在家庭的战争中，也绝不存在根本的弱者。当你得知一个孱弱的家庭妇女，由于发觉大权在握的丈夫有了第三者，愤而挥斧斩夫，自己也被处以极刑的时候，你能说在这场家庭的生死搏杀中，谁胜谁负？谁弱谁强？有的只是两败俱伤，家庭化为齑粉。

更为令人焦灼万分的是，在家庭之战中，注定有一个永远的伤者，那就是孩子。

有多少不和睦的家庭，其不负责任的男女主角，在无望处置种种纠纷和矛盾时，会生出一个愚蠢的念头——生个孩子出来试试吧。也许这个啼哭的小婴儿，可以平衡分裂的气氛，弥补破裂的情感，让家庭发生一个意想不到的转折。

可惜，几乎百分之百的结局是，奇迹没有出现，发生的只是悲剧。

一个婴儿的诞生，会带来更多繁杂的事务，家庭经济会更趋紧张，夫妇相聚的时间会更为削减，精神上的压力更显沉重，各方面的负担更呈增加趋势。于是，无数企图靠孩子来增进婚姻关系的家庭，堕入了更不良的循环。这一次，卷进泥潭的将不仅是两个不成熟的成人，还有一个嗷嗷待哺的婴儿。

在家庭战火中生长的孩子，普遍缺乏安全感，日夜像受了惊吓的小兔。他们高敏感低自尊，一颗幼小稚嫩的心，感受到的不是家庭的温暖，而是无尽的惊恐和动荡。在父母的争执和威吓中长大，愁苦和忧伤写满幼小的额头。他们冷漠孤独，桀骜不驯。既然亲生的父母都不珍惜他们的来临，他们找不到生存的价值和意义。从小在夹缝和脸色中讨生活的经验，使他们尴尬和怨愤。长大之后，他们缺乏爱的能力，眼光多阴郁游移，心胸多狭窄悲怆。在因家庭受伤的孩子中，也许不乏高智商的，但他们注定缺少由衷的微笑和与人为善的襟怀。

于是，家庭的伤害就成了一种带有遗传性质的恶疾，不但害了一代，更害了后代。

纵观人类的发展，建造和平的家庭，必是持久的工程。

我猜想那些没有墓碑的家庭伤亡者，一定在冰冷的地下，用喑哑的声音告诫世人：请包扎我们的伤口，它们依旧折磨得我们痛不欲生。请收起家中的武器，它绝不会带给你幸福。请记住我们最后的忠告——家庭应是阳光下的果园，每一颗果子都充满香甜。

暖意融融和血肉模糊都是真实

父母不是完人，他们身上也承载着历史的渣滓和沉淀。这不是他们的过错，只是他们的局限。

找一个安静的时间，反思一下自己父母的性格和他们的关系。假装自己是一个局外人，看看他们是否幸福，人格是否高尚，一生是否心满意足。不要太拘泥于孝道，一味地为他们唱赞歌，而是用一个成年人的眼光剖析他们。

如果你觉得这是一件大不敬的事，就请不要告知任何人。建议你一定要在一生的某一个时刻，完成这个功课，早完成比晚完成要好。因为他们曾是你人生中不得不接受的第一任老师和楷模，如果不曾经过系统的清理，长大以后，你会不由自主地重复他们的模式，基本上概莫能免。为了你的幸福，你要有一个取其精华去其糟粕的过程。你可以对这个结果保密，但不要因为痛苦而逃避。

这几乎是一个可怕的课题，但你要有勇气完成它。

我们在报纸和公开发表的文章中，看到的都是其乐融融的家庭画面。这让我生出了浓烈的不真实感。因为，几乎全世界的心理医生，都在夜以继日地干着同样的活，那就是医治家庭造成的创伤。

在我的诊所里，我经常听到的都是对父母的控诉，都是因对长辈敢怒不敢言产生的压抑所留下的伤口……我把修复这种痕迹，视为最普通和常见的工作，如同干洗店熨平一件又一件衬衣。

我曾经陷入过困惑。我看到的文章和我听到的故事，为什么有如此大的不同？是谁在说谎？到底谁更真实？这个问题困扰了我很长时间，最后我终于想明白了。

那些暖意融融的回忆文章，是真实的。那些血肉模糊的创口，也是真实的。你可能要说这是和稀泥，因为一个人不可能既是慈爱的又是严酷的。可在我们的父母身上，这真的可以并行不悖。

父母不是完人，他们身上也承载着历史的渣滓和沉淀。这不是他们的过错，只是他们的局限。同理，在我们身上也是这样。我们在爱孩子的同时，也将很多糟粕遗留给了他们。人类就是这样泥沙俱下鱼龙混杂地繁衍着。认识到这一点，我们在清理自身的同时，也整合父母留给我们的精神遗产。他们不可能都是纯正而光彩夺目的，一定有污秽和血污。

这不可怕，只有当清理完成，我们才能更加懂得他们，更加理解他们，甚至也更加原谅他们。这个工作，你可独自秘密完成，但是，你不能不完成。

精神的脐带缠绕脖颈

越是有问题的家庭，子女越是无法和那个家庭彻底切断联系。

家庭谙熟的把戏并不是消失或是遗忘，而是传承。

表面上好像几代人已经离散，其实不然。家庭会以一种意想不到的魔力，传递悲剧或喜剧的性格和命运。

这无关法术或是咒语，只同家庭的脉络有关。真的，切莫小觑了家庭的根系。所有发生过的一切都不会消失，只是潜伏着。

你面对的不是一个人，而是一幅家庭的历史卷轴。它们卷起来，好像干燥的木柴。它们一旦打开，复杂得令你目不暇接。这当然包括好的也包括坏的。还有一些说不上好也说不上坏的存在，展现在我们眼前。有时一粒飞过的火种，就会燎原。

很多生物都要蜕皮才能长大。人在生理上是不蜕皮的，但心理上有不断蜕变的生命周期。其中非常重要的一次化蛹成蝶，就是离开原生家庭，独自凛然面对沧桑。

越是有问题的家庭，子女越是无法和那个家庭彻底切断联系。若是滋生于充满冲突的家庭，无论他们主观上有多想逃脱冷漠的窠臼，精神的脐带总会缠绕脖颈。他们无力做到另起锅灶开辟新天地。反倒是来自充满关爱、彼此尊重的家庭的人，比较容易顺利走出原生家庭，建立自己的完整空间。

婴孩有不出生的权利

我的父母，请记住我的忠告：我的出生不是我的选择，而是你们的选择。

假如我是一个婴孩，我有不出生的权利。世界，你可曾听到我在羊水中的呐喊？

如果我的父母还未成年，我不出生。你们自己还只是孩子，稚嫩的双肩能否负载另一个生命的重量？你们不可为了自己幼稚而冲动的短暂欢愉，而不负责任地让我坠入尚未做好准备的人间。

如果我的父母只是萍水相逢，并非期待结成一个牢固的联盟，我不出生。你们的事，请你们自己协商解决，纵使万般无奈，苦果也要自己嚼咽。任何以为我的出生会让矛盾化解关系重铸的幻想，都会让局面更加混乱。请不要把我当成一个肉质的筹码，要挟另一方走入婚姻。

如果我的父母是为了权力和金钱走到一起，请不要让我出生。当权力像海水一样丧失，你们可以驾船远去，只有我孤零零地留在狰狞的礁石上飘零。对于这样的命运，我未出世就已噤若寒蝉。当金钱因为种种原因不再闪光，你们可以回归贫困，但我需要最基本的生活条件。如果你们无法以自己的双手来保障我的生长，请不要让我出生。

假如我父母的结合没有法律的保障，我不出生。我并不是特别看重那张纸，但连一张纸都不肯交给我的父母，你们叫我如何信任？也许你们有无数的理由，也许你们觉得这是时髦和流行，但我因为幼小和无助，只固执地遵循一个古老的信条——如果你们爱我，请给我一个完整而牢固的家。我希望我的父母有责任感和爱心，我希望有温暖的屋檐和干燥的床。我希望能看到家人如花的笑颜，我希望能触到父母丝绸般的嘴唇和柔软的手指。

我的母亲，我严正地向你宣告——我有权得到肥沃的子宫和充沛的乳汁。如果你因为自己的大意甚至放纵，已经在我出生之前，把原本属于我的土地，让器械和病毒的野火烧过，将农田荼毒到贫瘠和荒凉，我拒绝在此地生根发芽。如果我不得不吸吮从硅胶缝隙中流淌出的乳汁，我很可能要三思而后行。

我的父亲，我严正地向你宣告——如果你有种种基因和遗传的病变，请你约束自己，不要存有任何侥幸，不要昏庸愚昧。你不应该有后裔，请自重和自爱。人类是一个恢宏的整体，并非狭隘的传宗接代。如果你让我满身疾病地降临人间，那是你的愚蠢，更是我的悲凉。并非所有的出生都是幸福，也并非所有的隐藏都是怯懦。

我的祖父祖母，外祖父外祖母，我要亲切地向你们表白。我知道你们的希冀，我也知道血浓于水的传说。我不能因为你们昏花的老眼，就模糊自己人生的目标。我应该比你们更强，这需要更多的和谐，更多的努力。不要把你们种种未竟的幻想，随意涂抹到我的出生计划书上。如果你们给予我太多不切实际的重压和溺爱，我情愿逃开你们这样的家庭。

我的父母，如果你们已经对自己的婚姻不抱期望，请不要让我出生。不要把我当成黏合的胶水，修补你们旷日持久的裂痕。我不是白雪，无法覆盖你们情感的尸身。你们无权讳疾忌医，拖延自己的病况，而把康复的希望强加在一个无言的婴孩身上。那是你们的无能，更是你们的无良。

我的父母，我并非不通情达理。你们也可能有失算和意外，我不要求永恒和十全十美。我不会嫌弃贫穷，只是不能容忍卑贱。我不会要求奢华，但需要最基本的生存条件。我渴望温暖，如果你们还在寒冷之中，就缓些让我受冻。我羡慕团圆，如果你们不曾走出分裂，就不要让我加入煎熬的大军。

我的父母，请记住我的忠告：我的出生不是我的选择，而是你们的选择。当你们在代替另外一条性命做出如此庄严神圣不可逆的决定的时候，你们可有足够的远见卓识？你们可有足够的勇气和坚忍？你们可有足够的智慧和真诚？你们可有足够的力量和襟怀？你们可有足够的博爱和慈悲？你们可有足够的尊崇和敬畏？

如果你们有，我愿意走出混沌，九炼成丹，降为你们的儿女。如果你们未曾有，我愿意静静地等待，一如花蕊在等待开放。如果你们根本就无视我的呼声，以你们的强权胁迫我出生，那你们将受到天惩。那惩罚不是来自我——一个嗷嗷待哺的赤子，而是源自你们千疮百孔的身心。

寻找你的金字塔

为了雪山的庄严和父母的期望

一个微茫的希望在远方磷火般地闪动。我想用我的笔，告诉世人一些风景和故事。我想让我的父母惊喜。

一

人们常常问我，你发表处女作是哪一年？我说，是1987年，那一年我已经三十五周岁了。人们就"啊"的一声，不再说什么，但表情里含了疑惑：早些年你干吗去了？

在写作以前，我在遥远的西藏当兵，学的是医务。我在白衣战士的那条战线上，当到了内科主治医师的位置。假如不是改了行，我会当到副主任，您现在到医院看我的门诊，就要挂三元钱一个的号① 了。

一个女人，更具体地说，是一个医术很好颇有人缘的女大夫，在过了"而立之年"的沉稳日子里，为什么要弃医从

① 本文发表于《作家》杂志1995年1期。这是当时的物价水平。——编者注

文，拿起生疏的文学之笔开始艰难的跋涉？

在许多孤寂写作的深夜，我对着苍天自问。

我不知道。

但是我听到一个苍凉而喑哑的声音，在寒冷的西部呼唤我。

"你既然来到了这里，你就要让世人知道这里。"他说。带着无上的权威。

我没有办法抗拒。你可以违背一个人的意志，但是你不能违背一座雪山。

这就是昆仑山啊。我们民族伟大的峰峦。

不管文化古籍里怎样考证，说传说中的昆仑山是现如今的什么什么山，我总认为它不是一座具体的山，而是一个象征。想想那时候，交通工具多么不便，又没有精确的地图，指南针也没有发明出来。古人绝不可能把山与山的分野搞得条块分明。他们只有对着西部广袤的隆起兴叹，在落日辉煌的余晖里，勾勒云霭中浮动着鬼斧神工的宫殿……于是他们把无数神奇的传说附丽其上，创造出最雄伟的想象。那里有九条尾巴的天神把守的天宫，那里有直插云霄的天稻，每一粒谷子都是鸡蛋大的玉石……

无独有偶。在印度辽阔的恒河平原上，更为优雅的神话野火般流传。赤足的人们向西眺望，看到皑皑的冰峰劈裂云霄。他们认为有超凡入圣的法力统治其上，于是说那里是佛祖居住的地方……

两大古老种族神秘的目光交会于此——这就是地球上最高耸的原野之一——藏北高原。

我十六岁的时候，离开北京，穿上军装。火车不断地向西向西，到了新疆的乌鲁木齐。又换上汽车向西向西。在茫茫戈壁上奔跑了六天以后，我到达南疆重镇喀什。这一次汽车不是向地面上的哪个方向行驶了，而是向"天上"爬去。又经历了六天无与伦比的颠簸，我作为藏北某部队第一批女兵五个人当中的一员，到达了这块共和国最高的土地。

这块土地是喜马拉雅山、冈底斯山和喀喇昆仑山聚合的地方，平均高度在海拔五千米以上。它有一个奇怪的名字，叫作"阿里"。

没有人知道"阿里"是什么意思。我曾经问过博学的藏学家，他们也没能给一个明晰的回答，只是说这个词可能属于一个早已消亡了的语系。于是我就沿用了我在阿里搜集到的民间传说：阿里的意思是"我的"。

"我的"什么呢？我的高原？我的山川？我的牦牛和我的盐巴？我的清澈的湖泊和险恶的风暴？不知道。人类远祖用我们不懂的语言，为我们留下了一道永恒的谜。也许在先民们眼中，所有的一切都是有灵性的，他们都在呼喊着"我的"。

我小的时候，学习很好。语文好，数学也好。语文老师说我以后可以当个记者，数学老师则说我以后可以上清华大学，成为一个女数学家。我回到家里，很高兴地把这些话学给妈妈，没想到她训斥我说，这都是老师逗你玩的，你不要相信别人说你如何好的话。

我挺伤心的，从此养成了对别人的夸奖总是半信半疑的习惯。我不知这习惯到底好不好，但它使我在荣誉面前天生地镇静起来。比如我的作文被老师批过"5+"的分数，但是小小的我丝毫不骄傲，因为我知道那是她逗我玩的。

我小学毕业后考进了北京外国语学院①附属学校。据说是很难考的，录取率只有几百分之一，而且女生录取得很少，只及总数的四分之一。在我这个年纪的北京人，都会记得当时每年一度的北京外语学校招生，是怎样地惊动京城。

我考上了，妈妈难得地高兴了一回。但是我已经养成了荣辱不惊的脾气，并没有特别兴奋。

在外语学校读书的时候，我的成绩依然很好。我现在还保存着一张当时的成绩单，所有的科目平时都是5分，期末考试都是"优"。我后来在军队院校军医专业学习的时候，每次考试也都是第一。由于一贯的优异，我在内心深处看不起在

---

① 即北京外国语大学，于1994年正式更名。——编者注

校学习这件事。你想啊，上边有老师喋喋不休地在讲，周围有同学可研讨，你什么事都没有，一门心思学那点前人遗下的知识。你要是还学不好，不是太说不过去了吗？

我在外语学校最大的收获，是见了一个比较大的世面，读了不少的书。退回去三十多年，许多社会名流的孩子已经在"反帝反修"的同时，开始孜孜不倦地学习外语。我们这所学校干部子女的密集程度，大概超过了京城的任何一所学校。我的父亲是军队的一位正师级干部，但相比之下，我只能算作平民子弟。由于优异的学习成绩，我保持了一种有尊严的生活态度。我得以近距离地观察到真正的"贵族"气派，看到它的华贵，也看到它的羸弱。

读了许多的课外书，则得益于学校停课。我们学校里有一个很大的图书馆，平日里我们是没有机会读小说的。功课压得非常紧，老师原本要求我们夜里说梦话都用外语。现在一停课，我们大松心了，快活无比。只是图书馆里的书可不是无偿看的，看一本，要写出一篇批判性的文章。

刚开始大伙觉得这个交易做得来，于是大家都去借，并相约看完了自己的那本以后，彼此交换。这样各人写一篇文章，就可以看几本好小说，不是太合算了吗？

但实践的结果并不美妙。很多人书看了，但文章久久写不出来，时间长了，就失去了继续借书的资格。我也不愿意写批判性的文章，你想啊，都是世界名著。但管图书馆的小个子老师很严厉，交不了稿，你就不要想从她的手里再借出一张纸。为了阅读大师们的作品，我只有硬起头皮来写。

道理虽说明白了，但写的时候，又着实伤脑筋。我苦思冥想，终于想出了一个两全其美的办法。比如看完《复活》，我就在纸上写：以下部分暴露出列夫·托尔斯泰的资产阶级人道主义倾向……然后我开始大段地抄录老托尔斯泰的原文，抄得很仔细，连一个标点都不曾错漏。

还书的时候心情好忐忑，生怕小个子老师看出什么。没想到她连连表扬我的认真，原来她是只看标题，看字迹是否整齐，看篇幅长短，并不在意你写的是什么。

只有我一个人坚持借书写文章了，同屋的同学开始央求我，要我看完了书暂不要还，让大家都传着看一看。我当然不能拒绝，只是有的人看得很慢，已经过了好多天了，你问她看完了没有，她说还没看完。知道书看到半截被人夺走的苦处，我不好意思催，只得耐心地等。但看惯了书的人，就像有了瘾，是很难忍得住的。我就在下次借书的时候想办法——连借带"偷"。图书馆的小个子老师对我已是十分地信任了，每次我来借书，她都不跟着，让我自己在书架上挑。

我们的图书馆是一座建立于二十世纪初的西式楼房，窗户很高很小，像旧时的教堂。加上书架遮挡了大部分的阳光，走道幽暗深邃。这真是一个"作案"的好场所。我在书架周围转啊转，看到一本好书，就夹在胳肢窝处的衣服里。这样几圈下来，我的双臂就像机械的木偶，动也不敢动了。最后僵硬地走到老师跟前，只把手里抱着的书登记。

这样我看好几本书，只需写一本书的批判性文章，不但减轻了手的负担，加快了看书的速度，更重要的是减轻了心灵的负担。

但还书的时候，气氛挺吓人的。借的时候，只图一时快活，完全忘记是从哪个犄角旮旯里掏出来的书，可还的时候一定要归位。小个子老师是很认真的，一旦她发现大量的图书放错了地方，怀疑到了我身上，我的秘密书库就被彻底摧毁了，损失不堪设想。我谨慎地控制着"偷书"的数量，严格地完璧归赵。每次还书的时候，我都恐惧万分。身上夹带着好几本书，像个笨重的孕妇，还要等着小个子老师验收文章，心中狂跳不止。待老师那里过了关，我急急钻进书架的峡谷，拼命回想上次取书的位置，冷汗涔涔。好不容易把书放了回去，刚轻松了一秒钟，又贪婪地开始了新一轮的夹带……

同学们坐享其成，却全然不体谅我的苦衷，轮到我要还书了，她们就要赖，说还没看完呢。我说："那你们也得给我一个时间，不能老这么耽误我呀。"她们就说，要不这样吧，书你现在就可以拿走，但是你得把书中的故事讲给我们听。

于是，在那个不算久远的年代，在北京城内一所古老的校舍里，每逢夜深人静，在一间住着八个女孩的房间里，就会传出娓娓的话语。中外文学大师的智慧，像月光清冷地笼罩着我们，伴我们走进悠远的梦乡。

为了给同学们讲时不出纰漏，我读原著的时候就格外认真。几十年过去了，我的一位现已在美国定居的朋友，说她至今还记着我给她讲过的《笑面人》，而且拒绝看雨果的原著。她说："毕淑敏在那个夏夜所讲的《笑面人》是世界上最好的《笑面人》，我从来没有听过比这更好的故事了。"

我对这个评价淡然一笑。我知道这是她在怀念自己的少年时代。

二

我从北京来到西藏的阿里当兵，严酷的自然环境将我震撼。所有的日子都充满严寒，绿色已成为遥远而模糊的记忆。

我们吃的是脱水菜，像纸片一样干燥的洋葱皮，在雪水的浸泡下，膨胀成赭色的浆团。炒或熬以后，一种辛辣而令人懊恼的气味充斥军营。即使在日历上最炎热的夏季，你也绝不可以脱下棉衣，否则夜里所有的关节就会嘎嘎作响。

由于缺乏维生素，我的嘴唇像兔子一样裂开了，讲话的时候会有红红的血珠掉下来。这是很不雅的事情，我就去问老医生怎样才能治好嘴唇。医生想了半天说："你要大量地吃维生素。我说吃啦，每天都吃一大把，足足有二十多片呢！可我的嘴唇为什么还是长不拢？"医生说："那就是你说话太多了，紧紧地闭一个星期嘴巴，你的嘴唇就长好了。"我说："那可不行，我是卫生员班长，就算可以不跟伙伴说话，跟病人也是要讲话的……"老医生表示爱莫能助。

后来我的嘴唇还是我自己给治好的。夜里睡觉的时候，我用胶布把自己的嘴巴粘起来，强迫裂开的口子靠在一起。白天撕开胶布照常讲话。坚持了一段时间就好了。

由于缺氧，我的指甲猛烈地凹陷下去，像一个搅拌咖啡的小勺。年轻的女孩就是爱斗嘴，有一天，女卫生员争论起谁的指甲凹得最厉害，最后决定用注射器针头往指甲坑里注水，一滴滴往下灌，水的滴数多而不流者为胜。记得我得了第一。好像是贮藏了十几滴水吧，凝聚得圆圆的，像一颗巨大的露珠，乖乖地趴在我的指甲上。

我是一个优秀的卫生员。有一天，我在军报上看到了一个叫作"毕淑敏"的人写的一首诗，就轻轻地笑了一下。我知道我的名字很大众，全中国从八岁到八十岁的女人，有许多叫这个名字的。但我的姓是比较少见的。现在有了一个同名同姓的人写了一首诗，觉得很亲切，就很仔细地读。

一读之下，我吃了一惊，因为这首诗是我写的。但是千真万确，我没有向任何一家报刊投过稿。

我不知道这是怎么一回事，也没有人负责向我解释。时间一长，我就把它忘了。但是军邮车下次上高原的时候（由于道路封山，邮车很长时间才上来一趟），报社给我寄来了一个黄色封面的采访本。我才得以确认那首诗是我的作品，这个本子就是稿费了。我用那个本子记了许多有关解剖和生理方面的知识。

一次很偶然的机会，政治部的一位干事对我说，你的那首诗，充满了鲜血和死亡的意识，真不像一个十几岁的女孩子写的。

我恍然大悟说："噢！原来我的那首诗是你给我投到报社去的啊？"

他说不是他。

他这才告诉我，军报的一位记者到阿里高原采访。高原反应像重量级的拳击手，毫不留情地击倒了他，第二天他就下山返回平原了。但记者忠于职守，就在高原这仅有的一天里，挣扎着看了一些单位的黑板报，摘了一些作品带回去，我的小诗也在其中。回去以后，别人的都没选中，只发了我的那一首……

我不知道自己随手涂抹的句子还有这样的经历，但幼时母亲的教育使我绝不大惊小怪。我没有看见自己的作品变成铅字的喜悦，只认为这是一个巧合。不会再有第二个记者匆匆下山，不会再有人看上我的小诗。

我继续专心地学习医学知识，一点也没有因此想投稿搞创作什么的。

当了几年兵，我回家探亲。我的父亲很郑重地同我谈到了那首诗，说他很高兴。

我从小是一个乖孩子，愿意使自己的父母快活。但我还是没想到写作，只感到一种隐隐约约的愿望在内心起伏。

我在藏北高原当了十一年的兵，把自己最宝贵的青年时代留在了冰川与雪岭之间。

我曾经背负武器、红十字箱、干粮、行军帐篷跋涉在无人区，也曾骑马涉过冰河给藏族老乡送医药。

我曾在万古不化的寒冰上，铺一张雨布席地而眠。初次这样露营时，我想醒来身体还不得泊在一片汪洋之中？我真是高估了人微薄的热量，黎明当我掀开雨布查看时，只见雪原依旧，连个人形的凹陷都没有。除了双膝凝固般的疼痛，一切都很正常。

攀越海拔六千多米的高山时，我的心脏在胸膛炸成碎片，仿佛要随着急遽的呼吸迸溅出嘴巴。仰望云雾缭绕的顶峰，俯视脚下深不可测的渊薮，只有十七岁的我，第一次想到了死。我想这样爬上去太艰难了，干脆装着一失足，掉下悬崖……没有人会发现我是故意这样做的，在如此险恶的行军中，死人的事经常发生。我牺牲于军事行动，也要算作小小的烈士，这样我的父母也会有一份光荣。我把一切都周密地盘算好了，只需找一块陡峻的峭壁实施自戕的方案。不一会儿，地方选好了。那是一处很美丽的山崖，天像纯蓝墨水一样浓郁地蓝着，有凝然不动的苍鹰像图钉似的揳进苍天。这里的积雪比较薄，赭色的山岩像礁石一般浮出雪原（我知道要找一块山石狰狞的地方下手，否则叫厚雪一垫，很可能功亏一篑）……

一切都策划好了，但是我遇到了最大的困难。我的脚不听我的指挥，想让右脚腾空，可是它紧紧地用脚趾抠住毛皮鞋底，鞋底粘在酷寒的土地上，丝毫不肯像我计划的那样飞翔而起。我转而命令左脚，它倒是抬起来了，可它不是向下滑动，而是挣扎着向上挪去。青春的机体不服从我的死亡指令，各部分零件出于本能居然独自求生……那一瞬我苦恼之极，生也不成，死也不成，生命为何如此苛待于我？

一个老兵牵着咻咻吐白汽的马走了过来，他是负责后卫收容的。他说，曼巴（藏语的医生之意），拉着我的马尾巴吧，它会把你带到山顶。我看了一眼马毛被汗湿成一绺绺的军马，它背上驮着掉队者的背包和干粮，已是不堪重负。

"不。我不。"我说。

老兵痛惜地看着我说："你是不是怕它扬起后蹄踢了你？

放心吧，它没有那个劲了。在这么陡的山上，它再累也不敢踢你。只要它的蹄子一松劲，就得滚到谷里去。它是老马了，懂得这个利害。你就大胆地揪它的尾巴吧。"

我迟疑着，久久没有揪那条马尾。

不是害怕马，甚至也不是怜悯马。

我在考虑自己的尊严。

一个战士，揪着马尾巴攀越雪山，这是不是比死还让人难堪？我的意志做出一个回答，生存的本能做出另一个回答。

意志在本能面前屈服，我伸出手，揪住了马尾巴……

我看到许多年轻的生命永远地留在了万水千山之间。他们发生过或悲凉或欣喜的故事，被呼啸的山风卷得漫无边际。

我为一个二十岁的班长换过尸衣，脱下被血染红的军装，清理他口袋里的遗物。他兜里装着几块水果糖，纸都磨光了，糖块像一个个斑驳的小乌龟，沾着他的血迹……我一点都不害怕，因为我的兜里也有和他一样的水果糖，这件小小的物品使我觉得他是兄弟。

我们把他肚子上覆盖的铁瓷碗取下来。碗里扣着的，是他流出的肠子。敌人的子弹贯穿了他的腹腔，肠管已经变得像铁管一样坚硬，没有办法再填回他的肚子里去了。

我们给他换上崭新的军装，把风纪扣严严实实地系好。除了他的腰间因为流出的肠子，扎了皮带也显得有些臃肿，真是一个精干的小战士呢。

趁人不注意，我在他的衣兜里又放上几块水果糖。我不敢让别人知道，因为老兵们一定要嘲笑我的。但我真的觉得这个班长需要这几块水果糖。糖是我特意挑的，每一块的糖纸都很完整，硬挺地支棱着，像一种干燥的翅果。

那个小兵被安葬在阿里高原，距今已经有二十多年了。我想他身边的冻土，有一小块一定微微发甜。他在晴朗的月夜，也许会尝一尝吧。

三

1980 年我转业到北京，在一家工厂的卫生所当医生，后来当了所长。结婚、生子、操持家务……一个女人来到这个世界上该做的事情，我都很认真地做了。贤妻良母好医生，这是众口一致对我的评价。

对一个三十岁的女医生来说，你还需要什么？

按说是不需要什么了，我应该安安静静地沿着命运已经勾勒的轨道，盘旋下去。

我虽然从小生活在北京，对北京的一草一木都那样熟悉，此次归来，我却不再是过去的那个我了。怀里揣了那么多藏北的风雪，它们强烈地撞击着我的心脏。我对这个巨大的都市，开始了新的审视。我到过这个国家最偏远最荒凉的地方，在横贯整个中国的旅行中，我知道了它的富饶与贫瘠。我在妖娆的霓虹灯中行走，身旁会突然显现白茫茫的雪原。在文明的喧哗与躁动之间，我倾听到遥远的西部有一座山在虎啸龙吟……

我的父亲有一天对我说，我看你是可以写一点东西的，你为什么不写呢？

我的父亲是一个很聪明的人，而且在文学艺术方面有很好的天赋。只是他们那一代人所处的环境，使他戎马一生，始终未能从事文学。我从他的目光里看到了期望，我决定一试。

一个微茫的希望在远方磷火般地闪动。我想用我的笔，告诉世人一些风景和故事。我想让我的父母惊喜。

于是在一个普通的日子，我铺开一张洁白的纸。那是在深夜的内科值班室，轮到我值班，恰好没有病人。日光灯管发出咝咝的叫声，四周一片寂静。记忆在蛰伏了多少年后苏醒，将高原的生命与鲜血铺陈于我面前。

我在高耸的雪山上开始了我为医的生涯，雪山也将它的身影，倾泻于我的笔端。

我与雪山有缘。

走出白衣

我必须做出选择。我不能在脑子里盘旋着文字的翅膀时，依旧给病人看病。这是对生命的大不敬。

我在做了许多年医生之后，再当作家，心里就有了一点别样的感受。

我学医不是自愿的。在那个非常的时代里，没有个人选择的自由。我在十六岁多一点的年纪去当兵，首先就把职业圈定在一个狭小的框子里了。女兵，不是当通讯兵，就是卫生兵，你别无选择。在这两者之间，我喜欢通讯兵，觉得比较痛快。至于卫生兵，我觉得整天和病人打交道，看到的都是愁眉苦脸的人，多么晦气啊。

当兵的最大特征，就是根本不用你选择。我被分配当卫生员，睡在我身旁的一个非常想当卫生员的女孩，却当了通讯兵。

我这个人有个特点，就是能把自己不愿意干的事干好。我不知道这算是优点还是缺点，大概缺点的成分多一些。反正我不喜欢医务，但还是咬着牙，很认真地学习医学知识，并且渐渐地干一行爱一行了。

我一直做到了内科主治医师，而且可以很负责地说，我是一个好医生，不但态度好，医术也好。

但是，我在某一天晚上，突然写起小说来了。一般怪异的事都发生在早上，但我的确是从晚上开始的。那天我值班，正好没有病人。我就在堆着听诊器和血压计的桌子上，铺开了一张纸，写下了一篇作品的名字。那是我的处女作。

在很长一段时间内，我都是"两条腿走路"，一边给人看病，一边写小说。这把自己搞得很苦，常常是下了夜班，在额头上抹点清凉油，再开始构思另一个世界。

时间一长，我发现这不是久远之计。倒不是怕我的小说受影响，而是感到对不起病人。你想啊，医学和文学都是需要全神贯注操作的事。作家在创作的时候，魂飞千里，双眼婆娑，近在眼前的事件反而朦朦胧胧。这受艺术规律所制约，任何人都无法避免。但医生是和人的生命打交道的行当，生命是多么脆弱的器皿，哪儿容得你朦朦胧胧！

我面临着一个两难选择。

我已经做了二十多年的医务工作，就是一块石头，也捂出感情来了。更不消说，医生是一种多么稳定、多么令人镇静的职业。

毫无疑问，我捧的是一只金饭碗。这只饭碗是那样自私，不允许你心骛八方。因为它的职业道德是严酷的，面对病人，你只能殚精竭虑。

去写作吗？

我的一位老师对我说过：你如果是想发财，就到北京的大栅栏捡钱去，千万不要写作。把用来写作的时间拿来在繁华闹市拥挤处逡巡，不用多久，必能拾得一个大钱包，所得比稿费要丰厚得多。

老师又说，你如果是想出名，就到北京的天安门广场扫街去。只要天天扫，用不了半年，一定会有人来采访你，给你照相，登报。那名声远比你用同样的时间呕心沥血地写作，要来得迅捷和有把握。

老师还说，作家是世界上最危险的职业之一。古今中外，因文字而罹难的人不计其数……

老师最后说，作家的成功率极低。据美国学者研究，自然投稿的命中率在万分之三左右。即使你侥幸发表了，古往今来的先哲们的大作，也如一座座对峙的山峰，在高处闪烁着银色的光辉，使你永远不可企及……

身披圣洁的白衣，我沉思良久。

我从事的是医学，我喜爱的是文学。

医生和文学，都是与人为善的事业。然而它们彼此之间，却是这样地不相容啊。

我必须做出选择。我不能在脑子里盘旋着文学的翅膀时，依旧给病人看病。这是对生命的大不敬。

或者放弃文学。

文学日趋冷漠与寂静。随着世界的多元化，以往附丽在文学上的种种花环，凋谢枯萎。文学日渐露出它的真面目，像退潮时的礁石一样，暗淡而坚硬，千疮百孔又铮铮铁骨。

我躬身自问：毕淑敏，你为什么要写？

只有一个答案——我热爱。

爱因斯坦说过：爱好是最好的老师。

又是一个黑色的夜晚，我做出决定——告别白衣。那一夜，泪水潸然而下，好像诀别久恋的情人。

我是把自己扔到荒岛上了，一切都要重新开始。

告别医院弥漫着来苏水气味的清冷空气，告别病人信任、祈求和仰视的目光，告别我的听诊器、手术刀和心电图仪……

这种转移的实质，是告别我遨游多年的一种井然有序的生存方式……

重新开始是一种挑战，它使你像小学生一样充满好奇，激发起学习与探索的勇气。

我大概是一个念念不忘旧情的人。在我写作的时候，会不由自主地写到医院，会不可摆脱地用一个医生的眼光审视世界。

　　说不上这是好，还是不好。只能说习惯成自然了。

　　而且我心中一直存有一个愿望，那就是假如有一天我写不出东西来了，我一定不硬写。我将义无反顾地告别文坛，穿起白衣。

　　只是那时我一定不能马上给病人开处方，哪怕他患的是最普通的病症。我一定要重新学习医学知识，重新复习药物的作用。三天不摸手生，看病可不是儿戏。现代科学日新月异，单是治一个感冒，每年就冒出多少新药啊。让我再重新开始。

　　但我相信自己还是会成为一个好医生的。

　　医学是我的童子功。

第一千次馈赠

毫无疑问，这是我这一千本书里最后也是最重要的馈赠。

我的第二本中短篇小说集出得很艰难。

当代作家的中短篇小说集不好卖，人所皆知，特别是单人独马的结集，简直就是杀入大漠的孤军，极可能无声无息地湮灭于黄沙，于出版者是十分危险的决定。

对于出书，我本抱着无可无不可的态度。能出自然好，出不了也很好。我之所以写作是因为喜爱，既然我的作品可以在杂志刊物上发表，那就应该知足了。但许多朋友和读者向我要书，要得多了，也令人心烦。作为一个作家，向他人提供作品，就像人们路过一片瓜地，看瓜的老汉要给大伙切西瓜吃一般正常。你要是提供不出这个瓜来，大伙就觉得你小气或简直就是失职。为了使人们不失望，更为了使自己省去一次次复印作品的麻烦，我就去同出版社商量。

大智大勇的编辑，决定为我冒风险出这个集子。我选出若干用心之作，送到出版社。剩下的日子就是耐心等待。等全国征订的数字，以决定开机印数。

那一阵的感觉有些奇特。在写作的间隙，我脑海中偶尔会突然掠过这件事，心想那张印有我的集子内容简介的征订单，不知在哪一双睫毛长长的男孩女孩的眼睛下接受审查。我想自己应该暗暗祈祷人们的慈悲，以使那数字愈加饱满。但我真的很平静，心想听天由命，随它去吧。我甚至觉得自己是个寡情的人，人们都把作品比作孩子，我对这些个亲生子是不是也太漠然了？

征订数很快就来了，我记得是上千本。责任编辑很满意，说是在当前严肃文学大萧条的季节里，应算是好结果了。但他仍旧很为难地说，按这个数字开机，出版社会赔得很惨，希望我能买下一千本。

我当时怔了一下。我曾暗暗下过决心，绝不买一大堆自己的书，那是一个作家的耻辱。但面对诚挚的编辑，我无法断然拒绝，支吾着说："待我回家去问问先生吧。"

先生听了以后，淡淡地说："买吧。"

我说："家里地方这样小，再摆上一千本书，夜里上厕所，不留神会绊一个跟头。"

他说："慢慢就会习惯的。人可以习惯任何事。"

我说："我不知道该如何处理这一千本书。每天出来进去看见的都是堆积如山的自己的书，心情一定懊恼。"

先生说："送人啊。"

我说："我的人缘虽说不错，但绝没有多到有一千位朋友
的地步。这许多的书要送到何年何月啊……"

先生说："慢慢送吧。我想送上二十年，终是送得完的。"

接着出版社通知交订金，一下子要拿出几千元钱。我知
道家里没有这个钱，就坚决地说，我不出书了。

先生像变戏法似的拿出一沓钱，说："不必你担忧，我早
已备好了。"

我高兴地说："看不出啊，你居然背着我，攒下了这样大
的一笔私房体己。"

先生苦笑着说："我知道你希望我的私房钱越多越好，可惜
这不是。这是咱们家准备今年夏天买空调的钱，现在只好挪用。"

我说："你是想用全家人的汗流浃背，换来我的这本书？告
诉你，纵是你愿意，我还不愿意呢！我不愿成为家庭的罪人。"

先生说："家是三个人的。儿子，你过来，表个态。少数
服从多数。"

儿子说："我愿意长痱子，来帮助妈妈出书。"

那些天，我怒气冲冲。我觉得先生逼我到窘境，强加给
我一种负疚的沉重感。我拒绝同他说话，他就独自到出版社交
了订金。

以后的日子里，我们假装没发生这件事，说话的时候都回避它。先生到街上的书摊打听过代销的规矩，询问过各单位能否买一些。但都是悲观的信息，我在暗中看着他忙活，痛惜交加。

等待中，还发生过这样一件事。我到一座边远的矿山采访，矿长说他很喜欢我的作品，要我赠他一本。回京后，我把几部小说复印了寄他，解释说现在出书很困难，请他原谅。一天晚上，我突然接到一个陌生人的电话，说是从那个遥远的矿山来的，有急事要见我。我赶到招待所，那人拿出一万五千元现金对我说，这是矿长托他带给我的，以资助我出书。我拿着钱的手簌簌发抖，说："我不要。"来人说："如果你不要，我回去无法向矿长交代。"我只好特意打了车，搂着那钱回了家，请示先生怎么办。

先生沉吟着说，人家是一片真心，我们也确实需要资助。但是你打算怎么办呢？无论你做出怎样的决定，我都尊重你的想法。

我说，这钱我是万万不能要的。我因为爱好而写作，我不希望被人施舍和怜悯，甚至也不需要关怀。哪怕是善意，我也不接受。

先生说："那好吧。接下来该操心的是，这钱怎么处理？"

我说："从邮局寄回去吧。"

几天后，先生对我说："你知道一张汇款单最多能寄多少钱吗？"

我说："不知道。"

先生说："是五千元。这样我一共填了三张电汇单子，才算把这事办妥。邮费加电汇费共用了一百五十多元才完璧归赵，你的赞助者增加了我们的困难。"我们对视着，笑了一下。

后来那位矿长给我来了一个电话，他们那里不通程控，音量极小，他在电线的那一端声嘶力竭。

他怒气冲冲地说："毕作家——你把钱退回来了，我很难过。你是到过我们矿的，你知道我们出产的那种金属，伦敦金属现在的市场价格已经是每吨四万多元了。我只要掰下一块矿石，就可以出一本很好的书——你为什么要拒绝？"

我说："矿长，正是因为我下过矿井，看到过矿工如何挖矿，我才知道你们的每分钱都来得太艰辛。所以，我不能要你们的钱。"

他说："你不要我们的钱，这几天我一想起来就很难过。"

我说："我若要了你们的钱，我会难过终生。"

电话断了。我不知道是风吹断了电线，还是矿长摔下了电话。

那个夏天，是我记忆中北京最炎热的夏天。我已换成电脑写作，深刻地体会到这是一个非常娇气的家伙。你不怕热，它却怕热。我把电扇对着电脑吹，机身还是热得像面包炉。先生说："我纵是不心疼你，我还心疼机器呢，你还是停止写作吧。"我说："这就是不买空调的后果。"

先生说："说什么都晚了，书就要印出来了。"

书终于印出来了。先生交足了一千本的书钱，从出版社提了书，搬运回家。那些日子，我家楼前正好挖暖气沟，车子开不过来，书就卸在土沟对侧的塄坎上。连我六十五岁患病的母亲也下楼来帮我搬书。我再三劝阻，她说："我拿不了多的，一次只拿两本总是可以的吧？"我和先生怀抱着从胸口堵到眉梢的书垛，眼睛从书的两侧轮番窥视着横在壕沟上的窄木板，一趟趟耗子搬家似的运书。

一千本书摞起来的体积相当于双开门冰箱。家里实在是没有地方，先生就把书像炸药包似的堆在楼道里。我说："这恐怕不大好吧，居委会三令五申，不叫乱摆乱放。"先生说："咱们同邻居好好说说，大家会谅解的。"

我真心感激我的邻居们。他们把公共的地方容我堆放私人的书，而且每次打扫楼道的时候，都小心地不把水溅到书堆上。最底层的书直到今天还干爽如新。

现在，我们要开始最艰难的工作了——送书。

我把从小学到中学到读研究生时所有的同学，从西藏到新疆到北京当兵时所有的战友，从当助理军医到军医到主治医师时所有的同事，从初次写作到今天结识的所有文学界的师长和朋友，列了一个长长的表。我和先生在灯下写呀写，包呀包，捆呀捆，夜夜劳作，好像一个手工作坊。

清晨，先生上班的时候，拎一只大大的网袋，里面都是待寄的书。那些书捆扎得并不彻底，露着一个个缺口，是为邮局检查准备的，显得沉重而凌乱。

见他总是操劳，我于心不忍，也去邮局操作了一回。正是春节前夕，邮寄印刷品的人摩肩接踵。寄十本书，整整耗费了我两小时。从此，我知道先生为我付出的光阴不是一个小数字。

有一阵子，我给人送书简直到了如醉如痴的地步。一位读者写信说她和远在澳洲的女儿喜欢我的小说，但是买不到。我立即包了两本寄去。母亲说："寄一本就行了，两个人轮换着看嘛。"我说："还是寄两本吧，把书送给一个喜欢读它的人，是这书的缘分啊。"

每当我包书捆扎的时候，母亲就面露心痛之色。我寄出一本，她就说："唉，一条大鲤鱼游走了。"我寄出两本，她就说，一只烧鸡飞走了，然后一边叹气一边摇头，嘟囔着说他们都讲喜欢你的书，可为什么不寄钱来呢？好像你的书是自己从土里长出来的呀。

我就说："噢，妈妈，您好小气啊。"

书堆像雪人似的，渐渐坍塌下去。有一天，先生说："我看用不了二十年，你就会把这些书送完的。"我说："努力争取不懈奋斗吧。"

当我送书给人的时候，人们通常说，谢谢您。我总是由衷地回答："别客气，我谢谢您啦！"人家就奇怪了，说，您送书给我们，为什么反过来谢人呢？

我说："因为您接受了我的书，我家的地方就会宽敞一些，我当然要谢您了。"大家就以为我是幽默，其实我是诚心诚意的。

终于有一天，先生对我说："我看你送书的速度可以减慢了。"我松了一口气说："那好那好。"先生说："我们的存书已然不多。"我说："反正我们的朋友也送得差不多了。"

先生说："也许将来有一天，你会发现这些书全然派送完了，却忘了送给一个最重要的人。"

我吃了一惊，说："哪里会有这种事！我是一个很念旧的人，对朋友总是铭记在心。假如我遗忘了谁，请你务必提醒我。"

先生说："这个人就是我啊。"我立时肃然起来。抽出一本印制得最清晰的书，压膜没有一丝气泡，书面平整如水。端端正正地写上他的名字。先生珍重地收好。

整个交接过程，我们没有说一句话，默然得如同路人。

毫无疑问，这是我这一千本书里最后也是最重要的馈赠。

没有墙壁的工作间

自从我用了电脑，写作时就从卧室迁徙到门厅。

那地方实在是对不起"厅"这个儒雅的称呼，只有四五平方米大，没有窗户。哪怕是白天进来，我的第一个动作也是拉灯绳，否则一不小心撞到电脑桌犄角上，那高度恰与人的腰眼齐平，会使你像被点了穴似的。四堵墙壁上开着五扇门（大、小卧室，厨房，厕所和通往楼梯的屋门），环顾时只见门框不见墙壁，好像自己身在古驿站的小亭子里。

家中的格局原是这样的：儿子自上了高中，强烈地要求自由与独立，我们只好分他一个神圣不可侵犯的小屋。母亲患病，与我同住。卧室里摆着我的桌子，先生打地铺。用笔写作的时候，逢我打夜班，众人也还相安无事。我只需把报纸卷成筒，遮蔽了灯光，就皆大欢喜。换了电脑，那嗒嗒的击键声，在子夜的静谧中竟像奔马一般响亮。

先生坐起来，惺忪着眼对我说："刚做了一个梦……"

我正忙着构思小说中一段优美的风景，敷衍他说："人都是有梦的……"

先生说："在这个梦里你变成了李侠。"

我问："李侠是谁？"

先生说："就是电影《永不消失的电波》里的主人公。"

我说："谢谢你，在梦中封我一回英雄。"

一直伴睡的母亲说："你每夜这样不停地敲打，总让我想起特务……"

我知道触了众怒，第二天便独自把电脑搬到黑暗的走廊。先生和母亲于心大不忍，一个劲地向我道歉，请我搬回去。但我执意不给他们改过的机会，坚持坐在有五扇门的工作间里写作，给它赐名"五洞斋"。

这实在是一个有许多妙处的地方。

不管白天晚上灯都要开着，这样很利于保持一种创作环境的连贯与稳定。以前写作的时候，我常会偷懒向窗外张望，看看风，听听雨……现在无论你朝哪个方向扫过去，木门都昂首挺胸、义正词严地阻挡你的视线。反正是什么也看不见了，我索性埋头拉车，心定如水。

夜深人静写作时，我再没有了愧对家人的自责。谅你们终是凡人，没有孙大圣的顺风耳。就算在梦中屏气倾听，击键声的袅袅余音，轻淡得也如同催眠的冷雨了。

在四周黑暗的氛围中工作，眼前一盏孤灯，常常使我有一种旧时挖煤的苦力的感觉。一个人在幽深的巷道里匍匐着前行，手足并用，寻找着埋藏的光明。那过程辛苦而危险，然而一旦负煤而出，满面尘灰地点燃跳动的火焰，心就温暖起来了。

在没有墙壁的房间里工作，唯一的坏处是——谁都可以参观你的劳动果实，而无须请示批准。此地为家中交通枢纽，无论就餐还是方便，都必得从我坐的椅子后面挤过去，实有一夫当关，万夫莫开之险。主观上的好奇加之客观上的地域狭窄，路过之人常常是极慢地将身体蹭过去，表面上好像是怕惊扰了我的思路，实际上有意无意窥探我的最新成果。母亲老眼昏花，对跳动的银屏颇不习惯，倒是最不必防的。老人家只是在我的身后悠长地叹息，拂动我颈后的柔发，使人感到生命中不能承受的慈爱。先生虽说目光如炬，然知书达理，看过屏幕之后并不言语，只当是路边的一块石头。久而久之，我也可处之泰然。令人防不胜防的是儿子，抱着肘，毫不掩饰批判的目光，炯炯地注视着流水线上我的半成品，时而惋惜地点评一句：这一段文字啰唆了些，似可减减肥……

我初而愕然，渐渐就愤愤然了。

我说："一只蚕吐丝的时候，是不愿意被人盯着看的。卫生间的门都是有插销的。"

轮到他大诧异，说："写出来的东西不就是要给人看的吗？难道你写的见不得人？"

真是让人哭笑不得。

一日，儿子又屹立在我身后。我在电脑上飞快地打出了如下的字：一只大狗在沙滩上画画，一只小狗在远处张望，不停地汪汪叫，大狗的画就越来越糟糕……

从此我背后的要道，不再堵车。

春天到来的时候，我的颈椎病重了，左肩也痛得抬不起来。我到医院里看，医生诊断是受了风寒，很有经验地说："你工作的地方，左侧是不是有一扇窗？"我嘻嘻笑起来，说："那地方任何方向都没有一扇窗。"医生说："那一定是有一扇门。"我说："那地方所有的方向都有门。"

医生没有说准，讪讪地给我开了一大包芬必得。

晚上我仔细地研究包围我和电脑的门。左侧的门是正对着楼道的，有利如箭镞的冷风嗖嗖射来，是所有的门中最险恶的一扇。

我对先生叫苦。

先生说："斋主，还是返回故居吧。如果你坚持在八面来风的'五洞斋'里写作，终有一天所有的关节都会痛起来。"

我说："甭吓唬人。求你给我做个棉门帘吧，要又厚又大的那种，当下一个冬天来临的时候。"

断臂的姐姐

我们现在凡做一事，总是先想到认识什么人，以图依靠他人的力量。其实，这世上最值得信赖的人正是你自己。

我有一个妹妹，比我年轻（这是废话啦），聪慧机警。她在北大读完计算机专业，到一家工厂当工程师。多年来，她一直是我作品的忠实读者，经常提出一些很尖锐、很中肯的意见，使我受益匪浅。

原以为我俩一文一理，是两股道上跑的车，绝无聚头的日子。不想随着国门打开，进口商品涌入，国产计算机的局势日见危急起来，妹妹所在的工厂濒临倒闭，最后竟到了只发微薄的生活费的境地。

一日，老母亲对我说："看你写些小文章，经常有淡绿色的汇款单寄来，虽说仨瓜俩枣的，管不了什么大事，终是可以让你贴补些家用，给孩子买只烧鸡的时候，手心不至于哆嗦得太甚。你既有了这个本事，何不教你亲妹妹两招，她反正也闲得无事，试着写写，万一中了，岂不也宽裕些？"

母亲这样一说，倒让我很不好意思起来，好像长久以来自己私藏了一件祖传的宝贝，只顾独享，怠慢了一奶同胞的妹妹。

我支吾着说："世界级的大文豪海明威先生说过，写作这种才能，几百万人当中才摊上一份，不是谁想写都能写的。"

老母亲撇撇嘴说："她与你同父同母，我就不信只有你能写，她就写不得！"

话说到这个份上，我只有对妹妹说："你写一篇，拿来给我看看。"

妹妹很为难地说："写什么呢？我又不像你，到过人迹罕至的西藏。我生在北京，长在北京，最远的旅行就是北大的未名湖畔。这样简单的人生经历，写出的文章，只怕小孩子都不要看的。"

我说："先不要想那么多吧。你就从你最熟悉最喜欢的事情写起，不要有任何顾虑和框框。写的时候也不要回头看，写作就像走夜路，一回头就会看到鬼影，失了写下去的勇气。你只管一门心思地写，一切等你写出来再说。"

妹妹听完我的话，就回她自己家去了，其后很长一段时间无声无息。当我几乎把这件事忘记的时候，她很腼腆地交给我几张纸，说是小说稿写完了，请我指正。

我拿着那几张纸，翻来覆去地看了好几遍，好像是在研究这纸是什么材料制成的。我知道妹妹很紧张地注视着我，等待我的裁决。我故意把这段时间拉得很长——不是要折磨她，而是在反复推敲自己的结论是否公正。

我慢吞吞地说："你的文章我看完了。我在这里看到了许多不成熟和粗疏的地方，但是，我要坦率地说，你的文字里面蕴含着一种才能……"

妹妹吃惊地说："你不是骗我吧？不是故意在鼓励我吧？这是真的吗？我真的可以写一点东西吗？"

我说："我有什么必要骗你呢？写作是一件很辛苦的事情，说真的，我真不愿你加入这个行列里来，它比你做一个成功的电脑工程师的概率要低得多。但是，如果你喜欢，可以一试。李白说过，'天生我材必有用。'如果你爱好用笔来传达你对人世间的感慨，就沿着这条路走下去好了。"

妹妹的脸红了起来，说："姐姐，我愿一试。"

我说："那好吧，回去再写十篇来。"

妹妹用了大约一年时间，才写好十篇文章。我一次都没有催过她。我固执地认为，一个人如果真正热爱一个行当，不用人催，他也会努力的。若是不热爱，催也无用。

当我看到厚厚一沓用计算机打得眉清目秀的稿子时，知道妹妹下了大功夫。读稿的时候，我紧张地控制着表情肌，什么神态也不显露出来。看过之后，把稿子随手递还。

"怎么样呢？"她焦灼地问。

"还好。起码比我想象的要好得多。有几篇甚至可以说是很不错的了。"我淡淡地说。

妹妹很明显地松了一口气，说："这下我就放心了。"说完又把稿件塞给我。

"你想干什么？"我陡然变了脸色。

"我写好了，属于我的事就干完了，剩下的活就是你的了。你在文学界有那么多朋友，帮我转一下稿子，该是轻而易举的啊。"妹妹说。

我说："是啊是啊，举手之劳。但是，我不能帮你做这件事。"

在旁侧耳细听的老母亲搭了腔："你平常不是经常给素不相识的文学青年转稿子吗？怎么到了自己的亲妹妹头上，反倒这样推三阻四？"

我把手压在妹妹的文稿之上，对她说："转稿子是很容易的事情，只是我想让你经历一个文学青年应该走过的全部的磨炼过程。正是因为你不仅仅是为了发一篇稿子，你是为了热爱，把写作当作终身喜爱的事业来看待的，所以我更不能帮你这个忙。为你转了稿，其实是害了你。经了我的手，你的稿子发了，你就弄不清到底是自己已到了能发表的水平，还是沾了姐姐的光。况且我能帮你发一篇，我不能帮你发所有的篇目。

就算我有力量帮你发了所有的作品，那究竟是你的能力还是我的能力呢？一个有志气的人，应该一针一线、一砖一瓦都由自己独立完成。"

妹妹沉思良久后说："姐姐，这么说，你是不愿帮我的忙了？"

我说："妹妹，姐姐愿意帮你。只是如何帮法，要依我的主意。在这件事上，请你原谅，姐姐只肯出脑，不肯出手。我可以用嘴指出你的作品有何不足，但我不会伸出一个手指接触你的稿子。"

老母亲在一旁说："是不是因你当初是单枪匹马走上文坛的，今天才对自己的妹妹这般冷面无情？"

我说："妈妈，我至今感谢你和父亲在文化圈子里没有一个熟人，感谢我写第一篇作品时举目无亲。它激我努力，逼我向前。我不能因自己干了这一行，就剥夺了妹妹从零开始的努力过程。这对于一个作家是太重要的锻炼，犹如吃母乳和喝苞谷糊糊长大的婴儿，体质绝不相同。"

妹妹说："姐姐于我，要做西西里岛上出土的维纳斯，不肯伸出双臂。"

我说："错。维纳斯的胳膊是别人给她折断的，欲补不能。我是王佐，自断一臂。"

妹妹说："我懂了。"

在其后将近一年的时光中，妹妹像没头苍蝇似的，为她的文稿寻找编辑部。我在一旁冷眼旁观，这中间我有无数次机会举荐她的稿子，但我时时同自己想要帮她一把的念头，做着不懈的斗争。我替毫不相干的青年转稿子，殷勤地向编辑询问他们稿子的下落，竭尽全力地为他们的作品说好话……但我信守诺言，没有一个字提及妹妹的作品。

妹妹在图书馆找到各种编辑部的地址，忐忑不安地寄出她的稿子，然后是夜不能寐的、漫长焦灼的等待……终于，她的十篇文稿全部投中，在各种刊物上发表了。

"居然无一退稿！而且这都是我自己奋斗来的啊！"妹妹喜极而泣，自信心空前地加强了。

老母亲对我说："想不到你这招居然很灵，只是为一服虎狼之药，药性凶猛了些。"

我说："哪里是什么虎狼之药，不过是平常人的正常遭遇罢了。我们现在凡做一事，总是先想到认识什么人，以图依靠他人的力量。其实，这世上最值得信赖的人正是你自己。尤其是那种成功概率比较低的事，更要凭自己的双手去做，以积累经验。过程掺了水分，不如不做。"

老母笑吟吟地说："现如今两个女儿的文字都可换回些柴米油盐酱醋茶钱，喜煞人也。"

我拉着妹妹的手说："革命尚未成功，你我仍须努力啊。"

论文、小网和乡村记忆

我在杂芜的材料中艰难地挺进。那个答案——或者说是论文的
观点，像礁石似的渐渐露出海面。

灯下，我在写关于中国当代文学的论文，论青年女作家
的构成及创作走向。繁复的资料像麦秸垛湮没着我的思绪。之
所以选择这个题目，主要是为了蒙混过关。

我从众多的资料当中挑选出翔实可靠的，把每一位女作
家的出生年月、籍贯、双亲文化水准、个人经历、学历、婚姻
恋爱史、发表处女作的时间、创作的题材领域和基本风格等，
综合成了一张庞大的表格。大家被分门别类地统计在上面，像
国民生产总值的计划图表。

我在杂芜的材料中艰难地挺进。那个答案——或者说是论
文的观点，像礁石似的渐渐露出海面。

我突然看见一个女孩，她瘦瘦高高地立在我的稿纸上。
因为肤色黑，她的牙齿显得格外白，她微笑着注视着我。

她，是我姥姥那个村的。

我的父母都是农村人。早年间，他们出来当兵，在遥远的新疆生下我。我半岁的时候，父母东调入京，我也就跟着成了一个城里人。

我五岁那年，妈妈领着我回老家看姥姥。这是我第一次系统地接触农村。农村的小姑娘围上来，问我城里的事。我做了生平最初的演讲。

"你们的房子可真矮！我家在城里住楼房。"我说。

"什么叫楼房？"为首的小姑娘问。她黑黑高高瘦瘦，九到十岁的样子，叫小网。

我傻了。我不知道怎样准确地描述楼房。吭哧了半天之后，我说："楼房就是在房子之上再盖一间房子。"

大伙一通哄笑。小网闪着白亮的牙齿对我说："这是根本不可能的。房子上面不能再盖房子。"

看着她斩钉截铁的样子，我开始怀疑自己的记忆。主要是我看出她是孩子们的头，我要是不同意她的观点，就甭想和大伙一块玩了。

她们接纳了我。

结论一：女作家个体多出自高级知识分子家庭，其中大文学家、大美学家、大艺术家的直系后裔，约占四分之一。呈现明显的人才链现象。

"咱们今儿上坡去。"小网说。

我们老家处在丘陵地带，把小山叫作坡。

我在坡上第一次看到花生秧，觉得叶子精致得像花。小网说："你给咱看着点人，咱扒花生吃。"

在这之前，我所见到的花生都是躺在柜台里的粉红胖子，不知道它们埋在地里的时候是一副什么模样。我对这个建议充满好奇和恐惧。我说："要是人来了，咱叫人抓住了可怎么办？"小网说："你就大声喊我们。"她又对大家说："花生带多带少不是最要紧的，主要是咱不能叫人抓着。万一有人来了，大伙就四散跑开。要是往一个方向跑，还不叫人一抓一个准！"她又格外叮咛："有人追的时候，就在树棵子里绕圈，他就抓不住咱啦！"

我当时愣愣地看着这个黑黑瘦瘦的女孩，心中充满崇拜。即使在许多年后的今天，我仍然看见她站在蓝绿色的花生秧里，指挥若定地说着这些可怕的话。海风把她稀疏的黄发刮得雾似的飘起，有几根发丝沾在她的嘴角。她用火焰似的小舌头拨开发丝，继续说话。

开始干活了。小伙伴们拎着花生秧，利索地豁开地皮，像提网兜一样把潜伏在底下的花生果一网打尽。我吃惊地发现花生并不像商店里卖的那样规格统一，而是个头悬殊。运筹帷幄的小网犯了一个致命的错误，就是不该把瞭望哨的重担交给我。

过了一会儿我一抬头，哎哟我的妈呀！一个彪形大汉在距离我们很近的地方，张着磨扇一般的手说："这是谁家的孩子！大天白日地就这么偷！"

"快……快跑呀……"我发出最后的警告并率先逃跑。

大家按照事先的周密计划，四处逃窜。

我不知道那个大汉为什么在众多的偷盗者里单单追击我。也许是因为我率先逃跑，移动的物体更易引发注意。

他很胖。我往山上跑。我不知道自己为什么选择了上山，可能是那么急切地往山下跑的话，非一个跟头栽下去不可。我个小灵活，正确的战术居然使我们之间的距离渐渐拉开。这时面前出现了一片小树林，我记起了小网的话……

结论二：女作家群体都受过良好的高等教育，大学本科以上学历的约占百分之七十。作家的学者化是不可逆转的总趋势。

我开始绕着树跑，决定把这个胖子甩到看不到的远方。我绕了一棵树又一棵树，力求每一个圈都完美无缺。当我气喘吁吁地绕了最圆的一个圈以后，我看见彪形大汉像泰山似的立在我面前。

"你是谁家的？"他问。

"我是我姥姥家的。"我很悲壮地说。既然被抓住了，就敢作敢当。

"你姥姥……哦，你是跟你妈回娘家。说说吧，你妈叫什么名字？"

我只好告诉他。他兀自嘟囔了两遍，嘴巴还动了一动，好像把这个名字咽到肚里去了。

"好了，你走吧。"他说，自己先走了。

我呆呆地站在荒漠的坡上，第一次感觉世界如此恐怖凄凉。我知道自己把妈妈给出卖了，不知道什么厄运在等着我可爱的妈妈。

小伙伴们像幽灵一样从一棵棵树影背后闪现。她们静静地望着我，把狂奔之后残余的花生果捧给我。

"不吃不吃！"我烦躁地把花生果打落在地，"你们刚才到哪里去了？为什么不来救我？"我质问。

小网走过来。我说："都怪你，怪你！你让我围着树绕，我绕了，结果被抓住。"

她叹了口气说："那也得看该绕不该绕啊！"

我说："你赔我妈妈。"

她沉吟了一会儿，说："其实你妈妈没事的。他把家里大人的名字记了去，是打算秋后罚款。你们过些日子就回北京去了，他到哪里去罚你妈妈！"

我说："要是我家还没走，他就来罚钱，可咋办？"

小网极有把握地说："不会的。平日里大伙都没有钱，他能罚得到什么？"

我长长地舒了一口气。小网把兜里的花生掏给我，说："就着熟地瓜干吃，有肉味。"

我吃了一口嫩嫩的花生果，满嘴冒白浆，又赶紧往舌头上搁了一块小网给我的熟地瓜干。我确实品出了一种奇异的味道，但我敢用我五岁的全部经历打赌：肉绝对不是这个味。

她们离肉已经太远，肉在记忆的无数次咀嚼中变质。

"好吃吗？"女孩们目光炯炯地望着我。

"不好吃！"我响亮地回答。

我看见小网深深地低下了头。那块地瓜干是她好不容易才从家里偷出来的。

面对稿纸，我对那时的自己恨之入骨。儿童的直率有时是很残忍的东西。有一天，小网对我说："我要上学去了。"我就赶快跑回家对妈妈说："我也要上学。"妈妈说："你才五岁，上的什么学？再说咱们马上就要回北京了。"

我说："我要上学。"

妈妈只好领着我去学校，除学费之外，多交了几元钱，说请费心，权当幼儿园了。

教室里总共有三块木头。两块钉在地里当桩，一块横在上面做桌面。每人从家里带个蒲团，就是椅子了。

　　结论三：女作家的个人感情经历多曲折跌宕，婚姻爱情多充满悲剧意义。她们的作品就是她们的心灵史。

在大约一个月的学习时间里，我似乎没有记住一个汉字，好像也没有学会任何一道算术题。在记忆深处蛰伏的只有两件事。一是我学会了一首歌，就是"高高的兴安岭，一片大森林……"；一是小网学习非常好，几乎每天老师都要表扬她。

有一天，小网把我拉到一旁，愧疚地对我说："以前我说错了。"

我大为好奇："什么错了？"

小网说："你看。"说着，把书翻到了很后面的一张。

我大惊失色，说："这还没有学呢，你就能认了？"

她说："也不全能，凑合着看吧。不说字了，咱看画。"

我说："画怎么啦？没什么呀！"

她说："你看那房子，双层的。这就是你说的楼吧。你比我小，可你见的比我多。我以后也要到外面去。"

后来我回北京了。有时见到楼房，就会想到小网。轮到妈妈给老家写信时，我就说："问问小网。"妈妈说："小网好着呢，问一回也就得了吧，怎么老问？信是你姥姥托人写的，人家可不知道什么小网！"

等我自己学会写信了，我就给小网写了一封长信。信里说，我到同学家里看了电视（那是1964年的事，电子管的电视还很稀罕）。妈妈看到我的信，说："你跟人家说这个干什么？小网能知道什么是电视吗？你这不是显摆吗？"

我想，小网一定是愿意知道电视的事情的。我绝没有显摆的意思，只是想把最新奇的事情告诉小网。不让写这些，我又写些什么？

我把信撕了。

后来老家的人来信说，小网结婚了。嫁给了一个东北人，到寒冷的关外去了。人们说，小网黑是黑，可是中看。要是一般人，还嫁不出去呢！后来听说她回过家，拉扯着一溜的孩子，右胳膊叫碾机给铰断了，只剩下左手。大伙说，别看小网一只手，比两只手的媳妇能干。一只手能转着圈地擀饺子皮。有好事者说，一只手能包饺子俺信，可怎么擀皮？人们偷偷地说，小网包饺子的时候，把案板搁炕上。人站在地上，歪着头，用下巴颏压着面剂子，一只手擀得飞快。只是她包饺子的时候不叫人看，觉得自己那时候不美。

我写下了论文的最后一条结论：

　　迄今为止，中国当代青年女作家群体中，尚没有一位是来自最广阔原野的农村女性。同当代青年男作家的结构构成相比，具有极其明显的差异。

这是一种深刻的历史的遗憾。

勇气和自尊都掌握在自己手中 [1]

掩饰不单是徒劳，首先是一种软弱。勇气并不储存在脸庞里，而是掌握在自己手中。

成熟的女性，应该有爱
自己和爱别人的能力

晓云： 听说你现在正在北师大读心理学，能不能从心理学的角度分析一下，什么样的女人是成熟女性？成熟的女人应该具备什么样的心理素质？

淑敏： 我觉得成熟女人首先是一种年龄上的界定。女人从三十岁开始成熟，或者是从二十五岁，大致有个范畴。但也许个别人到了五十岁也还不成熟。比如，花儿不成

---

[1] 本文是《人民日报》高级记者、报告文学作家孟晓云对毕淑敏的访谈录。采访时间为 1998 年 11 月 13 日。有删节。

熟，果子才成熟。花到极盛时没有衰败，果子使它光泽最好，味道最芬芳，是它特别美丽的时候。任何事物都有发生、发展、巅峰，然后又走向衰亡的过程。对人也许不能这么简单地类比；但是，如果从生理上或者外表上说，我想，还是符合这种大规律的。而从心理上看，如果她有很好的心态，在成熟以后，她应该具有更为持久、更为永恒的一种品质。女人和男人有很多不同，无论在生理上还是在心理上。由于历史原因，她一直在全局上处于劣势。正因为如此，我认为一个成熟女人，应该是有力量、有智慧、有光彩的。

晓云：这是否就是女性成熟的标志？

淑敏：如果从心理上说，我认为成熟的女性应该有爱自己和爱别人的能力。

晓云：这个见解很独特，能不能展开谈谈？

淑敏：我觉得女人一定要爱自己，这种爱不是单纯的生物之爱，也不是盲目的、不顾一切的、完全奉献的那种。我想，爱自己包括接受自己的身体，接受自己的容貌，无论美丑；她还要知道自己作为女人的长处和短处。一个成熟的女人应该接受这些不可改变的东西，然后去挖掘深藏在自己身心中美好的东西。比如我们都将衰老，那就要面对和接受这个现实。掩饰不单是徒劳，首先是一种软弱。勇气并不储存在脸庞里，而是掌握在自己手中。

晓云：我读过你的一篇散文《我很重要》，它是否也是爱自己的一种版本？

淑敏：许多年来，没有人敢在光天化日之下表示自己"很重要"，我们从小受到的教育都是"我不重要"。我们每一个人都应该有勇气这样说：我很重要。我们的地位可能很卑微，我们的身份可能很渺小，但这丝毫不代表我们不重要。重要不是伟大的同义词，它是心灵对生命的允诺。人们常常从成就事业的角度，判断我们是否重要。我要说，只要我们在时刻努力着，在为光明而奋斗着，我们就是在无比重要地生活着。

晓云：爱别人的含义是什么？

淑敏：爱别人，这"别人"就是自身以外的东西：爱异性，爱自己的事业，爱孩子，爱动物，爱功利以外的种种，包括大自然。总之是属于人性中那些善良的部分，我觉得女性应该有这些品质。

晓云：实际上就是有爱心。你是否觉得女性比男性有更多的责任心？某件事交给女人做更让人放心，这可能与女性在家庭中的地位有关吧？

淑敏：我非常同意你的观点。女性肩负着主要的繁衍后代的重任，世上没有什么比哺育自己的后代更有责任感的了。我想，一个人培育另外一个人，这可能是世界上顶顶需要责任心的事情了。我生下孩子以后，第一个感觉是责任，这或许就是母爱。这么一个幼小的生命，你不去照料他，谁去照料？他一点能力也没有，你不给他吃，他只能挨饿；你不给他盖被，他就会着凉。他不是你的本体，和你有完全的区别。但是，你却要像爱自己，甚至超过爱自己去爱另外一个个体。我那时候觉得女人这种责任感……

晓云：是与生俱来的，或者说是一种天性。有人这样概括，成熟的女人是能了解自己、认识自己的女性，我想听听你的见解。你觉得你了解自己吗？

淑敏：中国有句古话叫人贵有自知之明。自知之明之所以珍贵，是因为不是人人都有自知之明。我对自己的认识也是一个不断深入不断发展的过程，而且我自己也在变化，认识也会跟着变化。我觉得能比较清醒地看待自己，应该是在二十几岁吧；在这之前，我比较容易受外界对自己评价的左右。因为那些评价的人比较权威，比如我的父母、老师、要好的朋友，那么，我就会非常在意这个评价。现在也会在意，但是，我已经不会让它们代替我对自己的评价了。我已经有了内在的评判标准。

我想，我首先感谢我的父母。我为父母给予我完整的家庭和爱，而感激他们。这些基本的东西，我原以为是每个家庭都有的，但是，在我成年以后，见识到那么多人间的不幸，看到许多女性因她们童年的经历留下难以平复的创伤，以致后来在许多问题上有那么多隐痛，甚至不知不觉地受到一种阴影的影响，我就觉得一个家庭对一个女孩子，是非常非常重要的。女孩子更敏感，小时候的成长更容易造成伤害；更何况，很多时候，女子还容易受到歧视。我的父母给我的这种关爱和鼓励，我原来觉得很平常、很正常；后来我才发现，我对我父母应该感恩戴德。

从在阿里当兵到做专业作家，
我经历了两个完全不同的世界

晓云：到西藏去当兵，是否改变了你的人生，或者说奠定了你人生的基础？

淑敏：我去西藏，刚开始认为是非常倒霉的一件事情。那么多兵，为什么单单把我分去西藏，我认为不公正。海拔五千米，高寒缺氧，半年才能收到家里的一封信。不仅自然环境严酷，还有很特别的人际环境，几千个男兵中只有五个女兵。你不敢去爱一个什么人，如果你爱了一个人，你可能要得罪一千个人。

晓云：（笑）是不是有许多人在追求你们五个人？

淑敏：这种极端的比例失调，可以大大培养你的自尊心，因为你无论长相好不好，脾气好不好，都会有人来爱你，瞩目于你，向你表示好感。但是它相反也会给你压力，使你觉得这件事只好束之高阁，不然，会有轩然大波在等着你。这些让我感到，我的命运真的好奇怪。

晓云：你什么时候去的西藏？

淑敏：十六岁，将近三十年前。一个北京的十六岁的女孩，真是十万人中也没有的命运，居然落在我头上了，像是中了一个大奖一样。但是，比较成熟以后再看这个问题，就会看到事情的另一个方面。那种特别遥远的、特别寒冷的生活，让我有了一个大的时空观念。你老在城市里，在一条胡同里，在一个院落里，无论你的思维怎样驰骋，你看到的毕竟和在那种无边无际的旷野中看到的不一样。在雪山之上，一个人面对苍穹，那种人的渺小和宇宙的浩渺，那种前无古人后无来者的孤独，令你感觉到，自己是一个有主动性的人。比如一座山，它虽然非常古老，非常雄伟，可是它不会动啊；我呢，我可以爬上去。这些东西过去在书本上也看到过，但是它……

晓云：没有进入你的生命。

淑敏：是的。你到了那儿，你生活在其中，你会感觉到，这种整体环境像是钢筋水泥一样注入你的灵魂。生活中遇到不如意的事情，我也会难过，但是我很快就会把它释放掉。我一想起天地苍茫，生命短暂，就觉得这种种琐事都在那个大背景下被淡化了。我想这种能力是随着那种严酷一起给我的。

晓云：你是不是当的卫生兵？

淑敏：是。要是让我自己选择，我就不会当。我少年时特别不喜欢愁眉苦脸的人，而当医生，天天都要面对哭丧着脸的人。可是，当兵要服从分配，一干就是二十年。

晓云：医生这个职业对你后来的写作有什么帮助？

淑敏：我是在一个工厂里当医生的，这使我能和各个年龄段的人打交道。中国有句古话，人之将死，其言也善。一个人因病来看医生，他撒谎和说假话的概率要比别的地方少很多。

晓云：人之将死，会觉得活着就是幸福，别的都是身外之物，因之那种尔虞我诈的东西都退之其后了，对不对？

淑敏：对，对。多年来，这个职业使我有机会观察各种各样的人，强迫我要很细致、很耐心，比如病人的喜怒哀乐、饮食起居，他的家族、他的命运等，我都要关心。我必须与他并肩相处，不管我情愿不情愿，我们都一起纳入了这一轨道。这对我既是一种训练，也是一种给予。后来当我写作的时候，我只觉得我有很多对这个世界的看法要表达，而且是用我所习惯的、热爱的方式去表达。我尽量调整自己，既不自卑也不自大，而是树立一个既定的目标，持之以恒慢慢地走过去。有人鼓励我呢，我会很高兴；有人批评我呢，如果有道理，有助于我改善，我欢迎；遇到了误解，我可以一笑了之。总之，我会平和地对待这一切。

晓云：高原生活是否对你有某种压力？你何时产生了写作的动力？又是何时把它作为一种终身职业的呢？

淑敏：我从小就喜欢语言这种东西。我特别奇怪我们会说话，然后有人会把某种意思表达得那么好，那么妥帖，把一种无法形容的东西代人们讲出来。我中学读的是外语学校，学的俄语，那时我就把各种各样的世界名著拿来看，稀里糊涂的。有好些书我读过，却搞不清楚它们讲的是什么意思。

晓云：可是，或许它们已不知不觉地渗入你的血液中，变成你的一种无形资产了呢！

淑敏：也许。我当医生时病历写得特别好，能形容出病人的痛苦和病程的演变。病历只是一般的文件，只要准确和大致脉络清楚即可，没有人会那么认真而流畅地书写。于是，我老受表扬。

晓云：也许写病历练就了你的写作能力。

淑敏：我想还有一点，阿里那地方，军邮车冬天三四个月才来一趟。夏天是半个月或一个月一趟。一般是今天傍晚才到，第二天一早就返回。我们往往在一个晚上收到几十封信，但是必须在当夜就写好回信，才能赶上明早就走的邮车。写信对我是一种训练，也变成了我的一个业余爱好。

晓云：其实，写信对写作是一种很好的训练。

淑敏：我那时候，特别爱向他们描绘雪山啊，冰峰啊，下乡巡回医疗的见闻啊。有几个在北大荒的同学后来告诉我，他们从北大荒回来时，扔了不少东西，但是把毕淑敏的信带回来了。前两天有个同学给我复印了两份，说原件不能给，将来你有了大名，我这信还值点钱呢！现在我再看看那些信，真是挺好玩的，挺快乐的。

晓云：命运把你抛掷到一个特别独特的环境里，特别单纯，人和自然非常贴近，周围又没有浮躁的心态，又给了你时间观察和感受，然后你又愿意用自己的方式表述出来。这就是写作的开始。

淑敏：有人喜欢写日记，可我不大乐意。因为，环境太恶劣，随时都会死人。如果你死了，人家就可以看你的日记，这事情可不怎么妙。而写信是把信留在朋友那里，朋友不会轻易死。

晓云：那么年轻就面临死亡？为什么？

淑敏：我想是两个方面：一方面，环境特别恶劣，缺氧和高寒、汽车失事，或者经常莫名其妙地死人，有的战友好好的，说倒下就倒下了；另一方面，我在当护士，做医生，见死人见得也多。在城市里，遇到死一个病人，下班回家可以用娱乐来冲淡一些；而在高原却无处躲藏，死亡持续不断地发生，直到你司空见惯。这使人心境苍凉，十几岁就想过无数次，我死了以后怎么办。

晓云：比较早熟，也是环境使然。你是否因此而有一种紧迫感，要赶紧生活？

淑敏：你说得非常对。鲁迅在生病后，不是在文章中写道，赶快去做嘛！我在十几岁的时候就觉得要赶快做！生命一定有一个终结，正常的终结都在一天天迫近，更何况还有许多意外的终结。我很想让我在有限的时间里做更多有意义的事情。心理学有一个流派，它认为人的生命就是迅速逼近死亡的过程。

晓云：你的这些独特的感受是否在你的处女作《昆仑殇》中有所体现？

淑敏：是的。在阿里我当了十一年兵，医疗任务较重，我还是个尽职尽责的医生。医学这个职业需要相当投入，我每天都有应接不完的病人。1980年我回到北京，和我爱人从部队转业，那时我们没有房子，对工作也不熟悉，整个世事不明，好像两个从神农架回来的人一样，需要一个适应的过程。我觉得周围的事物和我在雪域高原遇到的有特别大的反差。当年从北京到阿里的那种反差已经惊心动魄了，我有时坐在阿里的山上，环顾四周，仿佛宇宙之中只有你一个活物！我想，这地方是不是火星？我是不是在梦中坐过宇宙飞船？要不然就是我在北京的读书生活是一场梦？我经常搞不清哪一个是梦。现在我忽然从梦中醒来，会问自己，为什么自己是在北京？那一次的反差给了我一个大震撼，让我突然面临生与死，有一种本能的根基上的晃动。那么，再次回来，我感受到又一次的落差：这个世界和那个世界太不一样了。

晓云：这次落差给你什么样的震动？它对你的写作有何意义？

淑敏：这次的落差，不知道为什么，让我有一种特别特别强烈的想描述我在高原雪域的感觉。后来我就开始写中篇小说《昆仑殇》。我在文学界举目无亲，谁都不认识。我爱人说，找个人给你指点指点？他老觉得我放着好好的医生不做，异想天开。不过，他很支持我，只要是我想干的事，就由我去折腾。还是我爱人把小说送到《昆仑》杂志的。

晓云：是 1978 年的事吧？我印象中有些轰动效应，至少我从那时候开始知道文学界又出了一个毕淑敏！从那以后是不是就成了专业作家？

淑敏：我到鲁迅文学院读了一个研究生班。大约两年吧。毕业后，我想，是否边做医生边写作？再一想，当医生和写作不太容易兼作，这两者都需要用脑，而且要投入。当医生要和别人的生命打交道，这是一件输不起的事情。我因为热爱这个职业而敬畏这个职业。刚好有一个机遇，能让我专职写作。

晓云：你先生是和你一道从昆仑山上下来的吗？

淑敏：不是，他是从新疆中蒙边境复员的。

晓云：那你就不会得罪一千人了。

淑敏：对，对。

应该永远保持自己的青春状态，
只要生命存在，就要勇敢地去迎接挑战

晓云：我读了你的《素面朝天》和一些散文，读散文比较容易了解一个人的心迹。你说，素面朝天是一种生活方式，

是这样吗？

淑敏：写这篇文章，确实是从"化妆"得来的灵感。但实际上，它说的是真诚坦率地直面人生这样一种生存方式。一个女人不化妆，她也可以矫情、粉饰；化了妆，她也可以非常勇敢地直面人生。化妆不只是一种意象，它更是一种生活方式。

晓云：那么，你选择什么样的生活方式呢？

淑敏：我希望真诚地对待生活。我非常看重人际关系中那些善良、美好、勇敢、真诚等光明的品质，对那些丑恶的东西，我从情感上是排斥的。当然，我承认它们也是这世界的一部分，它们不仅存在，甚至在某种意义上可能是必需的。世界不是单方面的，在特定情况下，罪恶有很复杂的原因。但我愿意相信，人总是向上的，向善的。

晓云：作家刘震云在看了一些女人的老照片之后说，原来那些女人是那么美丽，时光荏苒，她们很快就走向了凋零。所以，他觉得，为了这美丽，为了这凋零，才应该有文学。你在一篇文章中说，人生存一天，他的青春财富就会闪闪发光。请解释一下，什么叫青春财富？

淑敏：青春，作为一种状态，不完全在于年龄，而是指年轻时候所拥有的创造力，一种勇敢的、进取的，乃至锋芒毕露的风格和品质。我觉得这种东西并不仅仅依附在年龄上，似乎过了这个年龄，这种青春的财富我们就不再拥有。我是想说，我们要特别注意，保持自己的青春状态，只要生命存在，就要勇敢地去迎接挑战，有意识地破除年龄这种心理障碍。

晓云：人的年龄有生理的和心理的两种：一个人也许在生理上是很年轻的，而他的心态却很老；或者他已白发苍苍，他的心却很年轻。保持心态的年轻，保持青春的状态，对于一个女人，一个记者，一个作家，都太重要了。

淑敏：我们都面临这样一个挑战。

晓云：你好像在一篇文章的结尾有一段感叹，你觉得中国男作家出自农村比较多，女作家很多出自城市，出自知识分子家庭，你觉得这是一种历史的遗憾。你为什么会有如此感叹？

淑敏：中国的女性非常聪明，可是，解放了五十年，女性整个的受教育水平还是比较低。比如女作家的分布，整个西北地区，似乎没有一个特别知名的女作家。有人把女作家的学历、职业、家庭情况做了一个统计，真正从农村出来的，很少很少，而北京、上海、天津、广州等大城市就很多。这是历史原因造成的，那么广大的农村应该有很多有才华的女孩子，但是她们连小学都念不完，在很小的时候就被扼杀了。女孩子从生命的开始，就处于竞争的劣势，比如一位母亲，膝下有一双儿女，但由于家境贫寒，只能供一个孩子读书。她会毫不犹豫地停了女儿的功课，成全儿子继续求学，尽管女儿比儿子更聪明更勤奋。优秀的女性在萌芽时就被扼杀了，她们成为作家的可能性就很小。这些经济的因素，社会的障碍，都不是凭一个农村女孩子个人的力量就可以冲破的。

晓云： 你小时候是在哪里长大的？

淑敏： 在北京。

晓云： 你成就一番事业面对的难题是什么？你很注重磨砺内心，请谈谈你的体验。

淑敏： 我早年看鲁迅的书，他说我更无情的是解剖我自己。那时候我不是很懂，现在我渐渐地懂了。一个作家写到最后，是他人格的一种体现，因此，他要非常深刻地认识自己，找出自己内心中一些人类普遍的弱点，从解剖自己入手，去针砭整个人性的误区。鲁迅在作品中强烈地批判国民的劣根性，我觉得他也是在时时检讨自己，解剖自己。比如鲁迅所说的"一件小事"，现在看来是"交通肇事"，那个黄包车夫把老女人碰倒，"肇事逃逸"。鲁迅从国民的劣根性，映照出自己的内心，觉得车夫的形象高大起来，更是映衬出他皮袍下的小。这个是一个典型的例子。我们也是社会中的一分子，文化结构当中的支柱，我们所接受的道德标准，很多的矛盾冲突，都不是孤立的，而是一个群体，一个整体，甚至是人类的问题。我想，我们身上肯定有一些人类共同的问题。

晓云：能具体说说你自己吗？

淑敏：比如死亡，我常常会有对死亡的恐惧。

晓云：生与死是作家永恒的主题。

淑敏：很多人对死亡的观念是，好死不如赖活着。这种观念有再认识的必要。好死不如赖活着的核心，反映出来的就是生存的质量和数量的关系。再比如司马迁曾说"人固有一死，或重于泰山，或轻于鸿毛"，那么，死为什么一定要重于泰山，否则就轻于鸿毛？生命对每一个人来说都是非常宝贵的，当它最后凋零的时候，人是否应该享受人的尊严？是否应该有一种安宁？人为什么而生？人将怎样结束？每一个人都面临生与死，作为一个作家，应该去关注更广大的生命，帮助人们认识生与死。

婚姻不仅是两情相悦，生死与共；它还是考验，是煎熬，是双方智慧、勇气、人格、意志的重组

晓云：在你成就事业的过程中，家庭处于什么位置？

淑敏：在家里，我既是个母亲，又是个妻子。我还有我的工作，还要读书，同时担当各种各样的角色。这些角色之间会有冲突，我必须不断地合理安排这个序列。

晓云：是否会互相干扰？家务事谁来做？先生能帮上忙吗？

淑敏：先生不可能取代我，虽然他已经给了我很大的帮助。应该说，家庭会有很多很细小的事情，直接影响你的心情，影响你的写作。我对他们说，心情就是生产力。

晓云：这话说得很好。

淑敏：比如，我想关注大兴安岭的植被，或者西北的一个女孩子没有书读的新闻，结果早上起来，因为衣服洗还是不洗起了争执，弄得灰心丧气。说是小事，可"一屋不扫何以扫天下"啊，今天这个文章就做不成了。那就只好不做，因为你需要以一种很博爱的心情去关注大兴安岭砍不砍树，但这种心情被破坏了。

晓云：你在家里是否主导一切，儿子和先生都听你指挥吗？

淑敏：我要想办法使大家在情绪上保持平衡。比如，我经常表达对他们的感激之情。我们这些人常常羞于表达，似乎我不说你也知道，心领了就是了。其实不然。我经常会对我爱人说，你帮我这么大的忙，我非常感谢你。其实，也不能说你帮了我，这是我们共同的事嘛。后来他说，咳，我看你忙成这样，我不帮你，谁帮你！这不就行了。

晓云：你还是会说话，我这人就比较倔。谈谈你对婚姻的看法，好吗？

淑敏：婚姻并不仅仅是快乐，是两情相悦，是生死与共；它还
是考验，是煎熬，是一种熟悉生活的破坏和一种崭新模
式的建立，是包含了智慧、勇气、人格意志的双方的重
新组合。就像进入一块陌生的大陆，所有的事件都可能
发生，我们对此必须有清醒的认识和足够的心理准备。

晓云：看来对婚姻不切实际的憧憬，会削弱在以后的日子里承
受艰难的耐力。你觉得怎样才能维系好一个"家"呢？

淑敏：家是什么呢？是一对男女永不毕业的大学。人们以为家
中的人多温柔多和蔼，那真是错了。在涡轮般旋转的社
会里，家庭里的人也许比街市上的人更脆弱，更敏感，
更容易冲动。我常常听到因小事与丈夫争吵的女人说，
我从此不理丈夫，等他来同我说第一句话。男人就更是
不肯低下高昂的头。

晓云：要是你遇到这类事怎么办？

淑敏：冷漠后的第一句话就真的那么重要吗？既然我们相爱，
爱就是我们共同的心声，爱里面就有原谅、宽恕、包容
和鼓励，这就是我处理家事的态度。

晓云：难得。这也算是爱他人的能力吧！你是怎么教育你的孩
子懂得爱他人的？

淑敏：现在的孩子往往觉得他们所得到的一切，精神的、物质

的，都是应该的。我有一次问一个孩子，你是否觉得自己是在甜水中泡大的？他的回答让我震惊：不，没觉得有谁爱我。我循循善诱说，你看，妈妈工作那么忙，还要给你洗衣做饭，爸爸在外挣钱养家多不容易！孩子漠然地说，那算什么呀！谁让他们当了爸爸妈妈！一个不懂得爱的孩子，就像不会呼吸的鱼，他不爱人，也不自爱，必将焦渴而死。我认为，作为父母，如果你爱你的孩子，一定要让他从懂事的时候起，就开始爱你和周围的人。这绝非成人的自私，而是为孩子一世着想的远见。我深信，在爱中领略被爱，会有加倍的丰收。

晓云：你对金钱和家庭幸福的关系怎么看？

淑敏：我的看法或许很世俗，也很实际。贫贱夫妻百事哀，当基本生活都没有保障的时候，我不知道是否有家庭幸福可言。婚姻里沉淀着每日的柴米油盐，每一件都与金钱息息相关。我们有许多清高的场合可以不谈钱，但家是一个必须坦荡地反复议论金钱的地方。对金钱的共同掌握和使用方向的通力合作，是家庭坚实的基础。

晓云：你给自己一个什么样的定位？

淑敏：我在事业上会积极努力，不会在意最终的结果。在家庭里我会爱我的亲人，孝顺我的父母，关爱我的朋友。从幼儿园到小学、中学，我有一个很稳定的朋友圈子，这是我的支持系统。一个好汉三个帮，一个篱笆三个桩嘛。友谊也会有许多波折，我觉得友谊这种东西不是单方面的索取，它需要互相支持。我和我的朋友们彼此不需要解释什么，我在需要倾诉的时候，需要支援的时候，会向他们袒露内心深处的情绪、看法，他们会给我关怀和支持。我不会有太多的朋友，但有相知很深的朋友。人生会有不测，需要这种支持系统。有一个我所热爱的事业，在我从事这个工作时会充满创造性的喜悦。我对外界的评说，采取一种比较宽容比较镇定的态度，它不会强烈地干扰我的内心，我不会突然间就情绪很高昂或突然间就很沮丧，我已经基本平稳了。我当然也会有许多不高兴的事情，但它们持续的时间已越来越短了。年轻的时候，我会因为一件事闷闷不乐一星期，随着年龄的增长，这种不快基本上不会超过一天。

男人是悲壮的动物，女人是希望的动物。
现代女性，思想上要有兼容性，
有自立的能力，还要有对现代知识的把握

晓云：你对男人怎么看？能不能谈谈你眼中的男人？

淑敏：我觉得男人应该有责任感，应该更为理智，更为坚定。

我说的"更"不是比女性"更"，而是比现在"更"。许多男人总是强调他们作为决策者，作为丈夫，作为父亲的责任感，我认为女人的责任感要比男人强。我还希望男性能更多更好地表达他们的感情，也许是文化的训练或者社会角色的规定，限制了他们感情的表达，比如什么"男儿有泪不轻弹"啊等。他们表达恨还比较充分；表达爱啊，表达温情啊，表达那种关切啊就还不够。在他们的某种潜意识里，似乎觉得那是一种软弱，是女人的专利。其实，这是人类的共性，它让我们感到人性的可爱。试问，有多少人记得自己的父亲，向自己很明确地表达过温情？

晓云：对妻子也一样。特别是北方男人，我爱你就行了，为什么非要说出来呢？我去瑞典，认识一位中国人，他的第二个孩子在瑞典出生。他说，在瑞典，妻子生产丈夫要陪住，还要在旁边看着接生，就是为了让丈夫受教育，使他知道生命是怎么诞生的，生孩子是多么痛苦，以便让丈夫对妻子、孩子更加关爱和体贴，共同承担起抚养孩子的责任。

淑敏：有意思！

晓云：你觉得女人和男人的区别是什么？

淑敏：区别不在于生理而在于心理。男人和女人都做事业，男人是为了改造这个世界，女人是为了向这个世界证明自己。男人为了事业可以抛却生命和爱情，男人是悲壮的动物；女人为了事业，力求生命和爱情两全。她们总相信在生命的最后一分钟会出现奇迹。她们崇尚生命，在她们的潜意识里，自己曾制造过生命，还有什么制造不出来呢？女人是希望的动物。

晓云：你认为女性成熟美是怎样的一种美？

淑敏：成熟美应该是比较有内涵的一种风采。她的外表不是光芒四射的很炫目的那种；而是比较温和，比较润泽，就像"随风潜入夜，润物细无声"那样，让人慢慢地对她折服。它是非常缓慢地却是非常有力量地持续释放着的一种美。成熟美不单是一种外表的东西，它应该有一种内在的张力。它经得起推敲，经得起咀嚼，不是浮光掠影的、浅层的、很快被人解码的那种美；而是含蓄的、耐得住思索的、有力量的美。

晓云：美丽首先是一种和谐，是和谐使心灵向外散发光辉。有人说，美丽的女人少年时纯洁，青年时蓬勃，中年时端庄，老年时像河流的入海口，舒缓而磅礴。真正美丽的女人应该一生都美丽。和你交谈，我觉得你很善于表达，这或许与你当过老师有关。你现在还经常去讲课吗？

淑敏：其实，我特别不愿意讲课。用语言来表达思想是对人的一种挑战，它逼迫你训练你快速组织语言的能力。有一次在清华大学，直到要进入校园，我还完全不知道说什么，因为我不知道对理科学生应该讲什么。我时常觉得我们的教育制度乃至语文老师，出了什么毛病。比如不少孩子不喜欢学语文，这很奇怪。你想，一个孩子是多么愿意学说话啊，每当他掌握了一个词语，他就反复地用它。老师们非要把思想的表达纳入一种格式，一个东西怎样说就好，怎样说就不好，使孩子很不自信。每个人都想表达他内心的感受嘛，应该让他有这种自信，他有这种表达的能力。他连把自己的感受用自己的语言说出来的力量都没有，这个人是不可能有力量的。我觉得讲话的能力是训练出来的。

晓云：你在一篇散文中，曾经讲过你小时候很喜欢读书和讲故事，口才是讲故事锻炼出来的吧！

淑敏："文革"期间，我读中学，学校的图书馆被封了，图书管理员订了一条规矩，要想借书可以，但是还书时必须交一篇批判该书的稿子。现在想起来，也许是学校要她重新整理浩瀚的图书，挑出"毒草"，而她却力不从心，只好借助学生的力量。为了读书我只好硬着头皮答应她苛刻的条件。当时，我们同宿舍八个女孩。刚开始大家都去借书，不久只剩下我一个了，由我借一摞书，大家抢着看，批判稿却要我独自写。有些同学看得慢，索性不看了，等着听我"说书"。在1967年和1968年那些纷乱的晚上，一宿舍的女孩子围着我，听我讲世界名著中的故事。据我的一位现在已经成了美籍华人的同学回忆，我那时给大家讲过雨果的《笑面人》、托翁[①]的《安娜·卡列尼娜》、狄更斯的《双城记》……

晓云：你觉得现在到大学讲课是你写作的一种补充吗，还是你不愿意让那些想与你见面的读者失望？

淑敏：如果让我选择，我肯定会把所有的讲课和应酬都推掉；但是，人生有时就是由这些组成的。当众讲话对我的表达能力有提高。

晓云：你现在在读什么书？对你影响比较大的书是什么？

淑敏：我读的书比较杂。我做医生，大范畴属理工科，除了文学方面的书，我会读自然科学方面的书。我很关心自然科学的进展。要说特别喜欢的文学著作，中国作家中，我特别喜欢鲁迅，那时候，我在阿里山上没有别的书可读，就把《鲁迅全集》反复地读了几遍。

晓云：你认为现代女性应该具备什么样的素质？你自己是否属

---

① 指俄国作家列夫·托尔斯泰。——编者注

于现代女性？

淑敏：现代女性是时代的产物。她在思想上要有兼容性，有自立的能力，还要有对现代知识的把握。时代发展这么快，已经进入电子时代，你不会计算机，不能上网，就落后了。电子时代是智慧和力量的延伸，现代女性不应该退缩，以为这是男性所擅长的。其实，现代科学的发展，应该由男女两性共同贡献共同拥有并在其中公平竞争。你操作一个机床，力量可能有差异，但你操作计算机在力量上没有什么差异……

晓云：你觉得女性最珍贵的是什么东西？

淑敏：是自信，自尊。

晓云：为什么？

淑敏：历史和文化是这样延续下来的，仿佛女性这个性别是"第二性"，是次要的，赋予女性的形容词都是软弱、愚笨、迟缓等。其实，女性有很多优秀的品质。可能男女最擅长的领域有所不同，可是性别没有优劣之分，应该是并驾齐驱的。对这一点，不但男性不一定有公平的看法，我们女性自身也有许多认同男性看法的。我以为女性首先要有自身的力量感。

晓云：你怎么看待和女性有关的社会现象，比如阴盛阳衰、傍大款、女强人、单身贵族，等等。

淑敏：何谓阴盛阳衰？它指的是什么？阴盛到何种程度？阴是否比阳盛？应该有确切的指标才能说盛衰。例如我们的领导层里有多少女性处于决策层？我看过一个机构的名单，二十多个领导人中只有一名女性。我也见过一个统计：中国的教育工作者里，女性的比例比较高；但从结构上看，幼儿园里女性比例很高很高，小学教师女性比例也较高，到大学教授级别就少多了，越往上越少。

晓云：真是高处不胜寒！

淑敏：所以，对流布很广的说法应该提出疑问。也有人会说，中国的女足在世界上排名靠前，男足排名很靠后。这种比法是中国和外国的比较，但也不能光看在世界级的运动会上得金牌的多少，它只是体育的一个局部。请问，在决定国家政治经济文化命脉的机构中，女性的比例是多少？是否阴盛阳衰？再如作家协会的会员，大概是五千五百名吧，女会员才占到12%。12%对88%是否算阴盛阳衰？

晓云：女性中也有许多单身贵族，你怎么看？

淑敏：单身是一种选择。有人单身，未必贵族，也许是贫民。女性单身贵族大概指的是她们比较有地位、有文化水准、有各方面的见识吧。我想，一个女人可以选择结婚，也可以选择不结婚，但是她必须对自己有一个清楚的认识。独身可能是非常理智的考虑，也可能是一种意气，或者其他的原因，如一时情感被伤害等。多方面的原因都可以导致这个结果。我尊重那种很清醒很理智的选择，我觉得社会对她们应该有更多的宽容。我也认识一些朋友，她们早年在情感上受到过伤害，或者是家庭给她们造成了某种阴影，使她们得出这样的结论：男人是不可靠的，是不可信任的，她们决定独自走完一生。她们的前提是男人不可信，男人是坏东西，这不但会影响她们的情感生活，也可能在许多问题上给她们造成负面影响。是否独身，我想不急于下结论，可以继续调整自己。